巴恩斯作品

时间的噪音

[英国] 朱利安·巴恩斯 著
严蓓雯 译

译林出版社

图书在版编目（CIP）数据

时间的噪音 /（英）朱利安·巴恩斯著；严蓓雯译.
— 南京：译林出版社，2018.1（2023.1重印）
（巴恩斯作品）
书名原文：The Noise of Time
ISBN 978-7-5447-6944-0

Ⅰ.①时… Ⅱ.①朱… ②严… Ⅲ.①长篇小说－英国－现代 Ⅳ.①I561.45

中国版本图书馆CIP数据核字（2017）第123893号

著作权合同登记号 图字：10-2016-177号

时间的噪音 ［英国］朱利安·巴恩斯 / 著 严蓓雯 / 译

责任编辑 李浩瑜
装帧设计 金 泉
责任校对 张 萍
责任印制 颜 亮

原文出版 Jonathan Cape, 2016
出版发行 译林出版社
地 址 南京市湖南路1号A楼
邮 箱 yilin@yilin.com
网 址 www.yilin.com
市场热线 025-86633278
排 版 南京展望文化发展有限公司
印 刷 南京爱德印刷有限公司
开 本 880毫米 ×1230毫米 1/32
印 张 8.375
插 页 4
版 次 2018年1月第1版
印 次 2023年1月第5次印刷
书 号 ISBN 978-7-5447-6944-0
定 价 55.00元

献给帕特

目 录

一个听
一个记
一个饮。

—— 谚语

这事儿发生在战争中期，那地方有个火车站台，就像周围一望无际的平原一样，单调素朴，灰蒙蒙的。慢吞吞的火车从莫斯科出来有两天了，一路往西；还得跑上两三天吧，看煤剩多少，车跑多快。天刚蒙蒙亮，但那人——事实上是半个人——已经在木轮小推车上，朝着软卧车厢的位置，努力推着自己前进了。除了前头的操纵杆，没有别的法子驱动小车，为了不从推车上翻落出去，一根绳子穿过车底，系在了他的裤腰上。男人的手上缠着污黑的布条，因为一直在街上和车站乞讨，皮肤糙得很。

他的父亲是之前那场战争的幸存者。受村里牧师祝福后，他就出发去为祖国和沙皇而战。等到回来时，牧师和沙皇都不在了，他的祖国也不是原来那个了。他的妻子看到战争对他下的毒手，尖叫了起来。现在，又发生了另一场战争，同样的入侵者回来了，不过改换了名姓：双方都是。但其他的都没变：年轻人仍然被枪崩成碎渣，然后被外科医生粗暴地切开。他自己的腿就是在一家野战医院里被切掉的，周围是被炮弹炸断的树木。一切都是为了伟大的事业，从来都是如此。他根本不在乎。让别人去争吧，他只关心每一天怎么熬过。他已经成了一种生存技术。某种程度上，所有男人都会变成各种生存技术。

一些乘客下车来呼吸满是灰尘的空气，另一些脸贴在车窗上。这个乞丐靠近他们，开始高唱一首下流的军营歌曲。有的乘客也许会扔给他一两个戈比，听他唱歌图个乐子；另一些则直接给钱把他打发走了。有的故意把硬币扔在自己这边，硬币滚远了，他去追，双手蹭着水泥站台往前，他们大笑不已。这情景让其他人出于同情或羞愧，直接递来更多的钱。他眼里只有手指、硬币和衣袖，对羞辱无动于衷。这就是那个饮者。

两个坐软卧车厢出行的人站在车窗前，想搞清楚他们在哪里，会停留多久：几分钟？几小时？或者一整天？没公布什么消息，他们也知道不能去打听列车的动向——即便你是车上的乘客——那样你就会被列为破坏分子。这两人都三十来岁，年纪不小了，对这样的教训已经心领神会。那个在听的人是个戴眼镜的瘦子，有些神经质；脖子和手腕上挂着大蒜护身符。他那位旅伴的名字被历史遗忘了，尽管他是那个在记的人。

坐着半个人的小推车嘎吱嘎吱地朝着他们驶来。欢快的乡村下流小曲一路向他们吼来。歌者停下来，做了个吃东西的手势。戴眼镜的人举起一瓶伏特加回敬。那是一种多余的礼貌，一个乞丐什么时候拒绝过伏特加呀？一分钟后，那两个乘客跑到站台上，跟乞丐会合。

于是，就有了三个人，那是喝伏特加时约定俗成的人数。那个戴眼镜的人还拿着酒瓶，同伴拿来三个杯子。酒快从杯子里溢出来了，两位旅客屈身祝酒。他们碰杯的时候，那个神经质的家伙转过头去——清晨的阳光在他的镜片上闪烁着——叨叨了一句什么；他的朋友笑了起来。然后他们将伏特加一饮而尽。那个乞丐举起杯子，想再要一些。他们又给他倒了一杯，然后拿走杯子，回到车上。借着酒劲在截得只剩一半的身体里奔腾，乞丐让自己朝另一伙乘客滚了过去。等到两个人重新落座，那个听者几乎忘了他说了些什么。但那个记的人，才刚刚开始记。

第 一 章

在电梯旁

他只知道，这是最坏的时候。

他已经在电梯边站了三小时。他在抽他的第五支烟，他的思绪在跳跃。

脸庞，名字，记忆。切下的泥煤在他手里沉甸甸的。瑞典水鸟从头顶掠过。遍野的向日葵。康乃馨精油的气味。网球场传来的妮塔温暖甜蜜的气息。从美人尖沁出的汗液。脸庞，名字。

还有死人的脸庞和名字。

他可以从公寓里拿一把椅子过来。但他紧张的神经无论如何都要让他合乎寻常。显然，坐着等电梯看上去多怪啊。

他的情境突如其来，但又完全合乎情理。就像生命里的其他事情。比如性欲。突如其来，但又完全合乎情理。

*

他试着让思绪停留在妮塔身上，但脑子不肯听话。它就像一只绿头苍蝇，聒噪而淫乱。它落在了塔尼娅身上，这是理所当然的。然后它嗡嗡嗡跑到了另一个女孩身上，那是罗扎利娅。他脸红了，是因为想到了她，还是为那个不合常情的事件暗暗自得？

元帅对他的眷顾，也是突如其来，但又完全合乎情理。对元帅的命运，也可以这样说吗？

尤尔根森和蔼可亲、胡子拉碴的脸；然后记起来的，是他母亲攥着他手腕的凶悍愤怒的手指。还有他的父亲，那个生性亲切、可爱、不切实际的父亲，站在钢琴旁，唱着“花园里的菊花早已凋谢”。

刺耳的声音在他脑海里回响。他父亲的声音，他弹奏着华尔兹和波尔卡，向妮塔献殷勤，工厂的汽笛发出了升F大调的四声轰鸣，狗冲着一个不安的巴松管手吠叫，钢衬的政府包厢下方，响起一阵打击乐和铜管乐的尖啸。

这些噪音被一个来自真实世界的声音打断了：升降电梯突然的嘎吱声。他的脚动了一下，踢翻了靠在腿边的小箱子。他等着，记忆突然一片空白，只充满恐惧。电梯停在下一层后，他的手脚才听使唤。他捡起箱子，感觉里面的东西轻轻移动。这让他的思绪跳到了普罗柯菲耶夫[1]睡衣的故事上。

不，那不是绿头苍蝇。更像是阿纳帕[2]的蚊子。随处降落，吸食血液。

站在这里，他原以为可以控制自己的思绪。但是，夜晚，孤身一人，好像是思绪在控制他。是的，人无法逃脱命运，就像诗人向我们保证过的那样。也无法逃脱思绪。

他记得切除阑尾前那天晚上的疼痛。他吐了二十二次，冲护士骂光了所有他知道的骂人话，然后乞求朋友叫个民兵来结果他，这样就可以结束疼痛了。叫他来，干掉我，不用再疼了，他恳求道。然而朋友拒绝帮忙。

---

1 谢尔盖·谢尔盖耶维奇·普罗柯菲耶夫（1891—1953），苏联著名作曲家，钢琴家。

2 阿纳帕，俄罗斯一城市名，黑海沿岸的度假胜地。

现在他不需要朋友，也不需要民兵了。这里有足够多的志愿者。

他跟自己的脑子说，一切都是在 1936 年 1 月 28 日早晨，在阿尔汉格尔斯克[1]火车站发生的。不，他的脑子回答，不是那样的，不是在某一天某一地发生的。是在许多地方，在许多时候发生的，有些甚至发生在你出生前，发生在其他国家，发生在其他人脑海里。

*

之后，无论接着会发生什么，它都会以同样的方式，在其他地方，在其他人脑海里继续。

他想起了香烟：一包包卡兹别克、别洛莫尔、赫泽格维娜·伏洛尔。想起有人将半打纸烟碾碎，塞进他的烟斗，桌上留下一些纸筒和碎纸片。

即使到了眼下，这是否还能修补、恢复、反转？他知

1 阿尔汉格尔斯克，俄罗斯阿尔汉格尔斯克州首府，历史上是俄国的重要港口。

道答案：医生说过鼻子的复位。“它当然能复位，但我向你保证，看上去只会更糟。”[1]

他想起了扎克列夫斯基，还有那座“大房子”，以及谁可能会在那里取代扎克列夫斯基。应该已经有人这么做了。从来不缺扎克列夫斯基们，这个世界不缺，这个世界就是这样子造起来的。可能抵达理想世界后，确切地说，那差不多是两千亿年后，扎克列夫斯基们就不需要再存在了。

时不时地，他的脑子拒绝去相信发生的事情。这不可能，因为从来不可能，就像少校看见长颈鹿时这么说。但这是可能的，它也发生了。

命运。这是一个大词，意味着某些事你无能为力。当生活告诉你，“就这样”，你只好点头，称之为命运。就这样，他命中注定被称为德米特里·德米特里耶维奇。对此无能为力。自然，他不记得自己的命名仪式了，但他没有

1 典出歌剧《鼻子》。《鼻子》是肖斯塔科维奇根据果戈理同名小说创作的歌剧。剧中，主人公柯瓦烈夫请医生把他掉下来的鼻子贴回去，医生说动手术只会更糟糕。

理由怀疑这件事的真实性。一家人聚在他父亲的书房里，围着一台手提式打字机。牧师来了，问他父母想给这个新生儿起什么名字。雅罗斯拉夫，他们回答。雅罗斯拉夫？牧师不太起劲。他说这个名字太与众不同。他说名字与众不同的孩子会在学校遭到取笑和嘲弄：不，不，他们不能叫这孩子雅罗斯拉夫。如此直接反对，让他的父母有些不知所措，但他们又不想得罪牧师。那么，你建议用什么名字呢？他们问。给他起个普通点的，牧师说，譬如德米特里。他父亲指出自己已经叫德米特里了，雅罗斯拉夫·德米特里耶维奇听起来比德米特里·德米特里耶维奇要更好一些。但牧师不同意。就这样，他变成了德米特里·德米特里耶维奇。

名字有什么关系？他出生在圣彼得堡，在彼得格勒成长，在列宁格勒长大成人。名字又有什么关系？

他三十一岁了。几码外，他的妻子妮塔躺在他们女儿加琳娜身边。加莉娅[1]一岁了。最近，他的生活好像稳定了

1 加莉娅为加琳娜的昵称。

下来。他从未如此直接地感受过事物的这一面。他感受过强烈的情感，但从来不能娴熟地将它们表达出来。即使在球赛中，他也很少叫嚷，或像别人那样失控；对球员技巧或是技巧不足的安静讲解让他心满意足。有人会认为，这是列宁格勒人典型的闷罐子风格；但除此之外，或心底里，他知道自己是一个羞怯而焦虑的人。和女人在一起时，当他抛开羞涩后，他会在殷勤可笑和犹豫沮丧间摇摆不定。就好像他总是踩错点。

但即使如此，他的生活最终还是步入正轨，有了正确的节拍。只是现在又开始动荡不安。动荡不安：这不只是一个委婉说法。

过夜的小箱子靠在他的小腿肚上，让他想起以前试图离家出走的时刻。那时候他多大？可能七岁，或者八岁。他是否带了一个小提箱？可能没有——他母亲的恼怒应该让他根本没时间收拾。那是夏天，在伊林诺夫卡，他父亲在那里做总经理。尤尔根森是房子的勤杂工，他会做东西，修东西，用小孩子能明白的办法解决问题。他从不指导他做任何事，只是让他看着一片木头如何变成一把匕首，或一只口哨。他会递给他一块新出炉的泥煤，让他闻上一闻。

他和尤尔根森越来越亲。当那些让他不快乐的事情发生时（那种事情经常发生），他就会说："好吧好吧，我要走了，去和尤尔根森一起生活。"一天早上，他还躺在床上，就发出了当天的第一次威胁，或者誓言。但就这一次，对他母亲来说，就已经足够了。穿上衣服，我这就带你去，她答道。他接受了她的挑战——不行，没时间让你收拾——索菲亚·瓦西里耶芙娜紧紧抓住他的手腕，然后他们开始穿过田野，去尤尔根森的住处。起初，他表现出毫不畏惧的强硬，在母亲身边大摇大摆地走着。但慢慢的，他的步伐迟疑了，他的手腕，然后是手，开始从母亲的手里溜脱出来。当时他以为是他自己挣脱的，但现在，他承认，是母亲让他脱手的，一个手指接一个手指，直到彻底松开。不是可以自由地和尤尔根森一起生活，而是可以自由地调转屁股。他泪如泉涌，跑回了家。

手，溜脱的手，紧握的手。还是孩子的时候，他怕死人，怕他们会从坟墓中爬起来，抓住他，把他拽进冰冷黑暗的土地中，他的嘴巴和眼睛里塞满了泥土。这样的恐惧慢慢消失了，因为，原来，活人的手更可怕。彼得格勒的妓女对他的天真无知没有丝毫尊重。时世越艰难，双手越贪婪。伸出来就为了抓住你的鸡巴、你的面包、你的朋友、你的家庭、你的生计、你的存在。像害怕妓女一样，他害怕门卫。还怕警察，不管他们管自己叫什么。

但接着，有一种相反的恐惧：害怕从那双让你安全的手中滑脱。

图哈切夫斯基元帅让他安全。安全了很多年。直到有一天，他看见汗珠从元帅的发际线滚落下来。一块大大的白手帕在飘动，在轻拍，然后他知道，他不再安全了。

*

元帅是他遇到的人中最世故、最老练的。他是俄罗斯最著名的军事家：报纸称他为“红色拿破仑”。他还是个音乐爱好者和业余的小提琴制作者；一个开明而多疑的人，喜欢讨论小说。他认识图哈切夫斯基十多年了，常常看见他在天黑后穿着元帅制服，搜查莫斯科和列宁格勒，半认真半嬉戏，将愉悦掺进政治；他侃侃而谈，与人争论，吃吃喝喝，不吝于表现出对芭蕾舞女演员的欣赏。他喜欢讲述法国人曾经怎么教他喝香槟而喝不醉的秘密。

他本人从没那么通达。他缺乏自信；也许，也缺乏兴趣。他不喜欢复杂的食物，喝酒会头晕。回首他的学生生涯，那时，一切都在被重新思考、重新制造，他像大多数学生那样，装出很懂人情世故的样子。譬如，大家都不得不重新思考性爱，老法子一去不复返了；有人提出了"杯水"理论。年轻的无所不知们宣称，性行为就像喝一杯水：你渴了，你就去喝，你感觉到了欲望，你就去做爱。他从未反对这套体系，尽管这的确依赖于你想要女人时，女人也想要谁就要谁。有些女人想要，有些女人不想要。但类比只能到此。一杯水是不走心的。

而且，塔尼娅那时候已经走进了他的生活。

他过去常常宣称要和尤尔根森一起生活时，父母以为他可能只是恼火家里的规矩，甚至只是恼火童年本身的限制。现在想起这件事，他不再那么肯定了。他们在伊林诺夫卡的夏季公寓一定有哪里不对劲，有什么错得很离谱。像所有孩子那样，他一直以为所有事情都很正常，直到被告知恰恰相反。所以，只有当他听到大人们在讨论，在笑，他才意识到，这栋房子的一切都不合比例。房间那么大，窗子却丁点小。五十平方米的房间只有一扇小窗。大人们认为建筑者一定搞错了尺寸，将米算成了厘米，或倒过来。但其后果，一旦你注意到，对一个孩子来说是很吓人的。就像是为最黑暗的梦境而准备的房屋。也许这就是他要逃走的原因。

他们总是在午夜来抓你。因此，与其穿着睡衣被从公寓里拽出来，或被迫在一些轻蔑冷漠的内务人民委员部人员面前穿上衣服，他宁愿和衣而睡，躺在毯子上面，小箱子早就收拾好，放在身旁的地板上。他几乎没合眼，躺在那里，想象一个人所能想到的最坏的情形。他翻来覆去，反过来又妨碍了妮塔入睡。他们躺在那里，各自装睡；也装着没有听见、嗅到另一个人的恐惧。不断让他惊醒的噩梦之一，就是内务部会抓走加莉娅，然后，如果她够幸运，会被送到某家特别的孤儿院，那里专门收养人民公敌的孩子。在那里，她会被给予一个新名字，一个新角色；在那里，她将被变成一个模范的苏联公民，一朵小小的向日葵，脸蛋儿朝着自称斯大林的太阳。因此他提议，在那些注定无法入眠的时光，他就出门在电梯旁的平台上消磨时间。妮塔很固执，她希望在可能是他们最后一夜的那个夜晚，肩并肩躺在一起。然而他很罕见地在争论中赢了一次。

等待电梯的第一个夜晚，他决定不抽烟。他的箱子里有三包卡兹别克，在接受审问，及随之而来的拘留时，他会用得着它们。头两个晚上他坚持住了。然后有个念头击中了他：如果他一到那间“大房子”，他们就没收了他的香烟呢？或者，如果根本没有审讯，或只简短问几句？也许，他们只是在他面前放一张薄纸，命令他签字。如果……他没再想下去。不过，无论哪种情况，他的香烟都浪费了。

就这样，他想不出一个不吸烟的理由。

就这样，他吸了。

他看着手指间的卡兹别克。马尔科[1]有一次用一种同情的，事实上是赞赏的语调，说他的手有点小，“不宜弹钢琴”。马尔科还告诉他，这次没那么赞赏，他练习得

1 尼古拉·马尔科（1883—1961），俄罗斯著名指挥家，曾执教莫斯科音乐学院，后担任列宁格勒爱乐乐团指挥，曾指挥学生肖斯塔科维奇《第一交响曲》的首演。之后离开苏联，1940年定居美国。

还不够。这取决于你说的“够”是什么意思。他需要练多少就练多少。马尔科应该只管好他的谱子和指挥棒就行了。

他十六岁了，在克里米亚一家疗养院治疗肺结核。塔尼娅和他同岁，又正好同一天出生，只有一点小差别：他生于新历9月25日，她生于旧历9月25日。这种虚拟的同步认可了他们的关系；或者换一种说法，他们是天造地设的一对。塔季扬娜·格利文科[1]一头短发，像他一样渴望生活。这是初恋，那么简单，命中注定。陪他休养的姐姐马鲁霞，把此事泄露给了他们的母亲。索菲亚·瓦西里耶芙娜立即写信警告她的儿子，远离那个陌生的女孩，远离这种关系，事实上，是远离任何关系。出于十六岁少年的所有的傲慢浮夸，他在回信中向母亲宣讲了自由恋爱的原则。所有人如何必须获得想要的恋爱自由；肉体之爱如何为时不长；两性如何完全平等；婚姻制度如何该被废除，不过，如果它要延续，那么女人也完全有权追求外遇，只要她想，而如果她之后想离婚，男人必须接受，承担责任；不过，总

1 前文塔尼娅为塔季扬娜的昵称。

而言之，言而总之，孩子们是多么神圣。

对他这番关于人生的居高临下且故作圣洁的解释，他母亲没有回复。总之，在他们刚刚相遇不久，他和塔尼娅就被分开了。她回了莫斯科；他和马鲁霞去了列宁格勒。但他不断给她写信，互相探访；他还决定将他的第一钢琴三重奏献给她。他母亲还是不同意。然后，三年后，他们最终在高加索一起过了几周。他们都十九岁，都没人陪伴，他刚在哈尔科夫[1]演奏音乐挣到了三百卢布。那几个星期，他们一起待在阿纳帕……感觉是很久以前了。是啊，很久以前——他人生的三分之一已经过去了。

就这样，这一切就是在1936年1月28日早晨，在阿尔汉格尔斯克发生的。他被邀请和维克托·库宾斯基领导下的当地管弦乐队一起演奏他的《第一钢琴协奏曲》；他和维克托还演奏了他最新创作的大提琴奏鸣曲。一切进展得很顺利，第二天早上，他去火车站买了一份《真理报》。他扫了一眼头版，接着翻到另外两个版面。就像他后来说的，这是他人生中最值得纪念的一天。每年，他都标出这个日

1 哈尔科夫，乌克兰东北部城市，是乌克兰第二大城市。

子，一直到死。

只是——他的思绪顽固地反驳——没什么是恰好这样开始的。它在不同的地方，不同的脑海里开始了。真正的触发点可能是他自己的名声。或者是他的歌剧。也可能是斯大林，那个永远正确，因此要对所有事情负责的人。或者，它可以是一件小事引起的，简单得就像管弦乐队的席位排列。事实上，最终，这可能是看待它的最佳方式：一个作曲家第一次受到了谴责和羞辱，然后被捕枪决，所有原因只是因为管弦乐队的席位排列。

如果这一切是在别的地方、别人的脑海里开始的，那么，他可能会怪莎士比亚，怪他写了《麦克白》。或怪列斯科夫[1]，怪他写了俄罗斯版的《姆钦斯克县的麦克白夫人》。不，不是他们。这显然是他自己的错，他写了那部冒犯的作品。是他的歌剧的错，它在海内外如此成功，引起了克

1 尼古拉·列斯科夫（1831—1895），俄国小说家，剧作家，主要作品包括《姆钦斯克县的麦克白夫人》《天主教牧师》《着了魔的流浪者》等。肖斯塔科维奇根据列斯科夫的《姆钦斯克县的麦克白夫人》创作了歌剧，于1934年首演。

里姆林宫的好奇。这是斯大林的错，因为他授意并认可了《真理报》的社论——有可能就是他自己写的：里面有太多的语法错误，足以暗示出自一支其错误永不能被修改的钢笔。斯大林还错在，他首先把自己想成是艺术的赞助人和鉴赏家。听说他从未错过《鲍里斯·戈东诺夫》[1]在莫斯科大剧院的任何一次演出。他对《伊戈尔王子》[2]和里姆斯基-科尔萨科夫的《萨德科》[3]也几乎同样热衷。那为什么斯大林不会想听这出备受赞誉的新歌剧《姆钦斯克县的麦克白夫人》呢？

就这样，作曲家被要求在1936年1月26日参加一场他自己作品的演出。斯大林同志将到场；还有莫洛托夫、米高扬和日丹诺夫同志。他们在政府包厢里入座。很不幸，包厢就位于打击乐组和铜管组的上方。在《姆钦斯克

1《鲍里斯·戈东诺夫》，俄国作曲家穆索尔斯基创作的歌剧，改编自普希金的同名历史剧，该剧被认为是穆索尔斯基最杰出的作品。

2《伊戈尔王子》，俄国作曲家亚历山大·鲍罗丁创作的歌剧，根据俄罗斯史诗《伊戈尔出征记》改编。

3 尼古拉·里姆斯基-科尔萨科夫（1844—1908），俄国作曲家，俄国民族乐派“五人组”成员之一，管弦乐创作大师。《萨德科》是里姆斯基-科尔萨科夫根据俄罗斯传奇英雄萨德科的故事而创作的歌剧。

县的麦克白夫人》里，这些部分的乐谱可不是温柔低调的风格。

他记得从自己的导演包厢向政府包厢望去。斯大林藏在一小块帘子后面，那些知名人士很愿意屁颠屁颠地看向这片缺席的在场，知道他们自己也在被观察。考虑到是这样一个场合，可以理解，指挥和管弦乐队都相当紧张。在"卡捷琳娜婚礼"前的间奏曲中，木管组和铜管组突然自说自话奏得比他谱子标记的更响。然后就像病毒，传染了每个乐器组。就算指挥注意到了，他也无能为力。弦乐越来越响；每次打击乐和铜管乐在他们下面奏起极强音，足够打破窗户时，米高扬和日丹诺夫都夸张地颤抖，侧身转向帘子后面的人，嘲弄几句。第四幕开始时，观众们抬眼看政府包厢，那里已经空空如也。

演出结束后，他收拾好他的公文包，直接去北站赶那班到阿尔汉格尔斯克的火车。他记得当时想，政府包厢是用钢板特别加固过的，以防里面的人遭到暗杀。但导演包厢没有这样的装备。他还不到三十，他的妻子这时已经怀孕五个月了。

1936年：他一直对闰年有些迷信。就像许多人一样，他相信闰年会带来霉运。

电梯的机械装置又一次响了起来。当他意识到它已经过了四层，他提起行李箱贴在身侧。他在等待门打开，等待看见穿制服的人，等待一个会心的示意，然后那些伸出的手会伸向他，拳头紧抓住他的手腕。这毫无必要，因为他急切地想跟他们走，让他们离开房子，离开他的妻子和孩子。

然后，电梯门打开了，是一位邻居，是另一种会心的点头，示意他什么也不会说出去——甚至毫不惊讶看见他这么晚还要外出。作为答复，他也垂下头，走进电梯，随便按了一个按钮，往下坐了几层，等了几分钟，再回到刚刚出发的五层，重新开始守夜。这情况以前有过，也是这样。从来不互相说话，话语是危险的。有可能，他看着就像个一晚接一晚被老婆赶出家门的男人，很丢脸；又或者，他就像个优柔寡断的男人，一晚接一晚抛弃他的妻子，但又重回家门。不过，很可能他就是看上去的样子：一个男人，就像这个城市成百上千的人一样，一夜又一夜，等着被捕。

多年以前，有一辈子了，回到上个世纪那些逝去的岁月，当时他母亲还在伊尔库茨克女子贵族学院，和其他两个女孩在尼古拉二世（那时还是皇子）面前跳玛祖卡舞[1]《为沙皇献身》。在苏联，格林卡[2]的这出歌剧肯定是不能上演的，即便它的主题可能会讨斯大林欢心。这是一出关于贫农的道德剧，他为一位伟大的领袖放弃了自己的生命。“献给沙皇的舞蹈”：他好奇扎克列夫斯基知不知道这件事。在过去，一个孩子可能会为父亲甚至母亲的罪恶还债。现在，在地球上最先进的社会里，父母可能要为孩子，还有叔婶、表兄、姻亲、同事、朋友的罪恶还债，甚至为某个人受罚，这人不过就是凌晨三点从电梯里走出来，轻率地朝你笑了笑。惩罚系统大大改进了，比起过去，没有谁会漏网。

他母亲是婚姻中的坚强力量，就像妮娜[3]·瓦西里耶芙娜是他们家里的强者。他父亲德米特里·勃列斯拉夫维奇

1 玛祖卡舞，一种活泼、轻快的波兰民间舞蹈。

2 米哈伊尔·格林卡（1804—1857），俄国著名作曲家。代表作有歌剧《伊凡·苏萨宁》（即《为沙皇献身》）《鲁斯兰与柳德米拉》等。

3 前文的妮塔为妮娜的昵称。

是一个温和天真的男人，他努力工作，把薪水上交给妻子，只留下一点点烟钱。他拥有漂亮的男高音，能在钢琴上玩四手连弹。他唱吉卜赛情歌，诸如“啊，我爱得如此深沉，但爱的不是你”，或者“花园里的菊花早已凋谢”。他喜欢玩具、游戏和侦探故事。一款新式打火机或者一个金属解扣能让他玩上几个小时。他从未真正入世。他请人做了一枚特殊的橡皮印章，这样，他藏书室里每样东西都盖着紫色的词句：“这本书是从 D. B. 肖斯塔科维奇那里偷来的。”

一个研究创作过程的精神病学家有次向他打听德米特里·勃列斯拉夫维奇。他回答说，他父亲“完全是个正常人”。这话不是护短：成为一个正常人，每天早晨带着微笑醒来，是一种令人艳羡的技能。而且，他父亲死的时候还年轻，不到五十。对家庭、对那些爱他的人来说，这是一场灾难；不过，对德米特里·勃列斯拉夫维奇本人来说，就不一定了。要是活得更长，他会看到革命变了。这并不是说他对革命有什么兴趣。这是他的另一个强大之处。

他死后，他的遗孀没了收入，留下两个女儿，和那个在音乐上早慧的十五岁儿子。索菲亚·瓦西里耶芙娜干起了卑微的工作来养活他们。她在度量衡局当打字员，教授钢琴换取面包。有时候，他怀疑，他所有的焦虑并不都是从父亲去世时开始的。但他情愿不这么想，因为那几乎是在怪德米特里·勃列斯拉夫维奇了。所以，这么说更接近真相：他所有的焦虑在那一刻翻倍了。多少次，他点头同意那些严肃沉重的鼓励话："现在你是这个家的男人了。"他们的期待，以及一种他也许无法承担的责任感，把他吓坏了。而他的健康总是很脆弱：他太熟悉医生叩诊的手，那些轻敲与聆听，那探针，那手术刀，那疗养院。他一直在等待这种被许诺的男子气概能让他成长。但他知道，他太容易分心；而且太任性，不能一直保持坚定。因此他无法和尤尔根森一起造房子。

他妈妈是个不屈不挠的女人，不管是性格使然，还是环境所迫。她保护了他，为他工作，把所有的希望放在他身上。他当然是爱她的——怎么能不爱呢？——但是……有点费劲。强大让他忍不住去对抗；不那么强大又让他忍不住要逃避。他父亲就总在逃避困难，在面对生活和妻子时养成了幽默和含蓄。所以，他的儿子，尽管知道自己比德米特里·勃列斯拉夫维奇更果断些，也很少挑战他母亲的权威。

但他知道，她常常看他的日记。因此，他会在日记里故意写上几周后要“自杀”，或者，有时候是“结婚”。

她也有她自己的恐吓方式。无论何时他要离家出走，索菲亚·瓦西里耶芙娜都会当着他的面跟别人说：“我儿子得先从我的尸体上跨过去。”

他们俩都不确定对方有多当真。

那次，在音乐学院小礼堂后台，他感到自责和愧疚。那时他还是个学生，他的作品在莫斯科的第一次公演不够顺利：观众显然更喜欢舍巴林[1]的作品。这时，一个穿军装的人出现在他身边，安慰他：他和图哈切夫斯基元帅的友谊就此开始了。元帅成了他的赞助人，为他从列宁格勒区的军事指挥官那里筹集资助。他热心而真诚。最近，他告诉每个人，在他看来，《姆钦斯克县的麦克白夫人》是排名第一的苏联经典歌剧。

到那时为止，他只失败过这一次。他说服图哈切夫斯基，搬到莫斯科能加快他门徒的职业发展，元帅因此许诺安排搬迁事宜。索菲亚·瓦西里耶芙娜自然不同意：她儿子太脆弱，也太柔弱。如果他妈妈不看着他，谁能保证他

---

1 维沙翁·舍巴林（1902—1963），苏联作曲家，师从米亚斯科夫斯基。

喝了牛奶，吃了麦片粥？图哈切夫斯基是有势力，有影响，也有经济实力；但索菲亚·瓦西里耶芙娜仍然掌握着他灵魂的钥匙。因此，他留在了列宁格勒。

像他的姐姐一样，他九岁时被放在琴键前。那正是世界对他来说日渐清晰的时候。或者说是一部分的世界，不管怎样，足够支撑起他的人生。弄明白钢琴和音乐很容易，至少比弄明白其他事情容易。他勤学苦练，因为勤学苦练很容易。就这样，没有对这种命运的逃避。随着时间的推移，看上去更加不可思议了，因为这给了他养活妈妈和姐姐的能力。他不是一个因循守旧的人，他们家也不是一个因循守旧的家庭，但话是这么说。有时，在一场成功的音乐会以后，当他收到喝彩和金钱时，他觉得几乎能够成为那个难以捉摸的角色了——家里的男人。尽管在另一些时候，甚至在他离家、结婚和成为一个孩子的父亲之后，他还是觉得，自己就像一个迷失的孩子。

那些不了解他的人，那些隔着距离听他音乐的人，可能会想象这是他第一次遇到挫折。他们认为，这个才华横溢的十九岁少年——第一首交响乐就被布鲁诺·瓦尔特立刻选中，然后是托斯卡尼尼和克伦佩勒[1]，自1926年首演之后，十年来一帆风顺，不谙世事。这些人可能意识到名声常常造就虚荣和傲慢，所以，他们翻开《真理报》，同意里面的观点，作曲家们的创作很容易就偏离人民想听的那类音乐。而且，因为所有作曲家都是为国家服务，那么，如果他们冒犯了人民，那就是国家的责任，要介入，把他们拽回来，让他们与观众有更强的共鸣。这听上去完全合理，不是吗？

只不过从一开始，他们就磨利了攫住他灵魂的爪子：当他还在音乐学院时，一群左派青年学生试图要学校开除他，取消他的奖学金。只不过俄罗斯无产阶级音乐家协会和相似的文化组织一开始就反对他的立场；或者说他们以为的他的立场。他们下决心要打破艺术的资产阶级束缚。所以工人们应该被培训成作曲家，所有音乐必须能一下子被理解，能取悦大众。柴可夫斯基是颓废的，最轻微的实验都被定罪为"形式主义"。

只不过早在1929年他就已经受到官方谴责，说他的音乐"偏离了苏维埃艺术的大道"，他被舞蹈技术学院开除

1 布鲁诺·瓦尔特、阿尔图罗·托斯卡尼尼、奥托·克伦佩勒均为20世纪最伟大的指挥家。

了，失去了教职。只不过在同一年，米沙·卡瓦德里，他的《第一交响曲》是献给他的，成了他朋友和同伴里第一个被逮捕和枪毙的人。

只不过在1932年，政府解散了各种独立组织，掌管了所有的文化事业，结果，与其说驯服了傲慢、偏见和无知，不如说让它们集成一伙了。如果说要把脸上沾满煤污的工人变成交响乐作曲家这一计划并没有真的实现，相反的事情却出现了。作曲家被期待像矿工一样提高产量，他的音乐被期待温暖人心，就像矿工的煤温暖身体一样。官僚们在评估音乐的生产，就像他们评估其他种类的生产一样：有标准产品，也有出了偏差的次品。

在阿尔汉格尔斯克火车站，冻僵的手指打开《真理报》时，他看到了第三版上的大标题，确认并指责这种偏差：混乱取代了音乐。他立刻决定取道莫斯科回家，在那里他可以寻求建议。火车上，冰天雪地从眼前掠过，他第五、第六遍重读了这篇文章。起初，像为自己震惊一样，他也为歌剧震惊：在这样的谴责下，《姆钦斯克县的麦克白夫人》不可能再在莫斯科大剧院上演了。过去的两年，它名噪四海——从纽约到克利夫兰，从瑞典到阿根廷。在莫斯科和列宁格勒，它不仅讨公众和评论家欢喜，也取悦了政治委员们。在第十七届党代会期间，它的演出是莫斯科区官方产出的一部分，这份产出是要和顿巴斯[1]矿工的生产定额一较高下的。

现在所有这一切都没有意义了：他的歌剧就像一条突然惹恼了主人的疯狗，要被毙掉。他试图尽可能头脑清醒地分析遭到攻击的各种因素。首先，正是他歌剧的成功，尤其是在海外的成功，成了反对它的理由。仅仅几个月前，《真理报》还充满爱国热忱地报道了该作品在美国纽约大都会歌剧院的首演。现在同一张报纸认识到，《姆钦斯克县的麦克白夫人》只是在苏联以外取得了成功，因为它“不讲政治、杂乱无章”，因为它用“焦躁不安、神经质的音乐，撩拨了资产阶级的堕落趣味”。

其次的理由，与此有关，是他认为的来自政府包厢的批评，文章便是朝着藏身幕后的斯大林所发出的假笑、哈欠和马屁的集合。于是他读到，他的音乐如何像“鸭子的叫声、野猪的呼噜和疯狗的狂吠”；它的“神经质的、痉挛

1 顿巴斯，位于乌克兰东部，是乌克兰重要的煤炭基地。

的和抽搐的”本性如何源自爵士乐；它如何让歌唱变成了“尖叫”。这出歌剧明显是胡乱写就的，就是要讨好“软弱派”，他们丧失了对音乐的所有“健康品味”，更喜欢“混乱的音流”。至于剧本，它蓄意抽取了列斯科夫故事中最卑鄙肮脏的部分：其结局“粗俗、简陋、下流”。

但他的罪行也是政治罪。那个匿名评论的作者对音乐的了解，不会超过一头猪对柑橘的了解，所以，文章被添上了那些熟悉的、酸透了的标签。小资产阶级、形式主义、梅耶荷德[1]主义、左翼。作曲家写的不是一出歌剧，而是一出反歌剧，音乐故意掀了个底朝天。他从有毒的源泉里畅饮，那里也是“绘画、诗歌、教育和科学领域出现左倾”的源头。万一需要说清楚——它总是需要——那么激进主义就是与“真正的艺术、真正的科学和真正的文学”背道而驰的东西。

“那些有耳朵的人会听见”，他总喜欢这样说。但即便那些聋子也不会听不懂“混乱取代了音乐”是什么意思，不会猜不出可能的结局。有三句话，不仅针对他在理论上的误入歧途，也针对他本人。“作曲家显然没有想过，苏联

1 梅耶荷德（1874—1940），苏联导演，演员，戏剧理论家。因戏剧革新实践被指责为“形式主义”，最终殉难。

观众在音乐中期待什么，寻找什么。”这一条足以取消他作曲家协会成员的资格。“这一倾向对苏联音乐的危害显而易见。”这一条足以夺走他创作和演出的资格。最后一句是：“这是一个精心设计的花招，会造成非常恶劣的后果。”这一条足以取走他的性命。

然而，他还年轻，对自己的天赋充满自信，一直到三天前还很成功。就算他（无论从气质上还是天资上）不是政客，他还是有可以求助的人。于是，在莫斯科，他先见了艺术事业委员会主席普拉东·克尔任采夫，开始说明他将如何回应此事，这是他在火车上想出来的。他要为歌剧写一份辩护词，对批评提出反驳，并把文章交给《真理报》。比如……但克尔任采夫，尽管温文尔雅，都没听他把话说完。他们面对的不是一篇由一位评论家署名的负面评论，其意见会随着时日或他领悟的深浅而变化。这是一篇《真理报》的社论：不是什么一时兴起的看法，可以提出反驳，而是一份来自最高领导层的政治声明。换句话说，是《圣经》。对德米特里·德米特里耶维奇来说，唯一可行的做法就是做公开检讨，承认他的错误，解释说，在创作这部歌剧时，他因为过于年轻无知而误入了歧途。此外，他还应该公开宣布，要立刻投身到苏联的民族音乐中，那将帮助他改变方向，转向所有真实、流行和悦耳的音乐。在克尔任采夫看来，这是他能重新受宠的唯一方式。

他不是一个有信仰的人。但他受过洗礼，有时，路过某座开放的教堂，他会为他的家庭点上一支蜡烛。他也很了解《圣经》。因此他很熟悉罪的概念；还有它的公共机制。罪行，对罪行的供认不讳，牧师对事情的审判，祈祷，忏悔，宽恕。尽管有时，罪恶过于巨大，连牧师也无法宽恕。是的，他明白这些规则和礼仪，不管教堂怎么称呼它们。

他接着去找了图哈切夫斯基元帅。红色拿破仑还只有四十多岁，是个坚强而英俊的男人，额头上有显眼的美人尖。他听完了发生的一切，中肯地分析了门徒现在的处境，从战略上提出了一个简单、大胆而慷慨的方案。他，图哈切夫斯基元帅，将亲自给斯大林同志写一封求情信。德米特里·德米特里耶维奇大大松了口气。当元帅在桌前坐下，展平面前的一张白纸时，他头轻了，心也松了。但这个穿着军装的男人一抓起他的笔开始写字时，一种变化忽然袭来。汗水从他头发里冒了出来，从他的美人尖一直流到前额，又从脑后渗进了衣领。一只手拿着手帕不安地抖动，另一只手拿着钢笔停住了。这样没有军人气概的恐惧令人沮丧。

*

在阿纳帕，汗水从他们身上汩汩冒出。高加索很热，他从来都不喜欢高温。他们凝望着低湾处的海滩，可他没兴趣游泳去暑。他们在镇子北端的林荫里散步，他被蚊子咬了。然后他们又被一群狗堵住了去路，几乎要被活吃。这些都没有关系。他们去了度假地的灯塔，当塔尼娅抬头眺望时，他关心的是她脖子下面皮肤的甜美褶皱。他们参观了那些古老的石门，那是土耳其要塞的唯一遗迹，但他心里想的是她的小腿，想着她走路时上面肌肉的运动。那几个星期，除了爱、音乐和蚊子叮咬，他的生命里再没有别的东西。他心中的爱，他头脑里的音乐，他皮肤上的蚊子包。哪怕天堂也逃不开虫子。但他不恨它们。它们的叮咬很聪明，总在他够不到的地方；驱蚊剂是从康乃馨中提取的。如果一只蚊子能让她的手指触摸他的皮肤，让他散发出康乃馨的香味，他又怎么可能责怪这种昆虫呢？

他们才十九岁，相信自由恋爱：他们更热切探索的，是彼此的身体，而不是度假胜地。他们抛弃了来自教堂、社会和家庭的成规，没有成为丈夫和妻子，就像丈夫和妻子一样生活了。这几乎跟性行为本身一样让他们兴奋；也许，让他们沉迷，不能自拔。

但随后来临的是他们没在床上的所有时刻。自由恋爱也许能解决基本问题，但解决不了其他问题。他们当然彼此相爱；但身边总是有个人——即便他有三百卢布和年少成名——就不那么简单了。他作曲时，总能确切知道该做什么；对音乐（尤其他的音乐）需要什么，他总能做出正确决断。当指挥和独奏者礼貌地询问是否这样或者那样更好时，他总是会回答："我肯定你是对的。但我们这会儿先不管它。下次我改过来。"于是，他们满意了，他也满意了，因为他从没想过听从他们的建议。因为他的决定，他的直觉，总是对的。

但离开了音乐……情况就很不同了，他会变得神经质，脑子会糊涂，有时候会做出一个愚蠢的决定，只是为了把事情解决掉，而不是因为知道自己想要什么。可能他在艺术上的早熟，意味着他躲开了那些帮助普通人长大成人的岁月。但不管是什么原因，他在生活的实践中很笨拙，而这，无疑包括感情的实践。于是，在阿纳帕，除了爱的狂热以及性带来的晕眩和自足，他发现自己进入了一个完全崭新的世界，这个世界充满着不必要的沉默、误解的暗示和心不在焉的计划。

他们又回到了各自的城市，他去了列宁格勒，她去了莫斯科。但他们会互相拜访。有天，他正要完成一个作品，便请她坐在身边：她的存在能让他感到安稳。过了一会儿，他妈妈进来了。她直视塔尼娅，说：

"滚出去，让米佳[1]完成他的工作。"

而他回答："不，我要塔尼娅留在这里。这对我有帮助。"

他竟然反抗他母亲，这样的场景很罕见。要是他能更经常这样，他的人生会有所不同。不过也许不会——谁知道呢？要是红色拿破仑都赢不过索菲亚·瓦西里耶芙娜，他又怎么可能会有取胜的机会呢？

他们在阿纳帕的时光是首田园牧歌，但根据定义，牧

1 米佳，德米特里的昵称。

歌只有结束了才被称为牧歌。他发现了爱情；但他也开始发现，爱情远不是让他“成为他自己”，远不是像康乃馨精油那样，擦遍他全身，而是会让他难为情，让他为难。他不在塔尼娅身边时，显然最爱她。而当他们在一起时，双方对彼此都有期待，这份期待，他既无法确认，也无法回应。譬如，他们一起逃到高加索，特别明确他们不是丈夫和妻子，特别明确他们有着同样的平等自由。但这样一种冒险，其目的是最终要成为真正的丈夫和真正的妻子？这听上去毫无逻辑。

不，这不诚实。他们感情不和的一个原因是他爱她，多过她爱他，不管彼此的倾诉有多均等。他试图惹她嫉妒，描绘他和其他女人的调情——甚至引诱，不管真假——但似乎只是让她生气，而不是嫉妒。他还威胁要自杀，不止一次。他甚至声称，他娶了一个芭蕾舞女演员，那很有可能成为事实。塔尼娅却大笑不已。这之后，她自己结婚了。那只让他更爱她。他乞求她和丈夫离婚，嫁给他；他再一次威胁要自杀。都没有用。

早些时候，她曾温柔地告诉他，她被他吸引，是因为他的单纯和坦诚。但如果这没能让她爱他像他爱她那么多，那么，他希望自己既不单纯也不坦诚。倒不是说他感到自己单纯和坦诚。它们听上去是设计好要把他关在盒子里的词汇。

他发现自己在反省真诚的问题。个人的真诚，艺术的真诚。如果它们是真诚的，它们是如何相连的。这种美德每个人究竟拥有多少，又能够保存多久。他告诉朋友们，如果他否定《姆钦斯克县的麦克白夫人》，那么他们就会断定，他已经丧失了真诚。

他把自己想象成一个拥有强烈感情的人，只是缺乏表达它们的技巧。但那只会让自己太轻易地得到宽恕；这还是不真诚。事实上，他是个神经病。他认为他知道自己要什么，他得到了他想要的，他不再需要它了，它离开了他，他又想让它回来。毫无疑问，他被宠坏了，他是母亲的小男孩，是两个姐姐的小弟弟；还有，他是个艺术家，被期待拥有一种“艺术气质”；此外，他也是个成功人士，让他可以因出名而表现出突然的傲慢。马尔科已经当面骂过他“越来越虚荣”。但他潜在的情形其实是一种高度的焦虑。他是个彻头彻尾的神经病。不，再一次比这更糟：他是个歇斯底里症患者。这样一种气质是从哪来的？肯定不是来自他父亲；也不是他母亲。不错，那是无可逃脱的个人气质。也是个人命运的一部分。

他知道，在他心里，他理想中的爱情是什么——

*

然而电梯过了三层，然后四层，现在停在了他的面前。他提起他的行李箱，门打开了，一个陌生人走了出来，吹着《相逢之歌》[1]。面对着它的曲作者，他中间吹跑调了。

他知道，在他心里，他理想中的爱情是什么。它在莫泊桑的短篇小说里被完整地表达过了，故事是关于一位年轻的警备司令，他驻扎在地中海沿岸的一个要塞小镇。对，那地方就叫昂蒂布。总之，这位军官常常在镇子郊外的树林里散步，在那里常常撞见本地商人帕里斯先生的妻子。自然，他爱上了她。这个女人反复拒绝他的殷勤，直到有一天，她让他知道，她丈夫要外出，一晚上不回来。一场幽会被安排好了，但到了最后一分钟，这位妻子收到一封电报：她丈夫的生意提前谈完了，晚上就回来。为爱疯狂

1《相逢之歌》，苏联电影《迎展计》（*Counterplan*）主题曲，其曲调后被用于《联合国歌》。

的警备司令，捏造了一起紧急军事事件，下令关闭城门，到第二天早上再开。回家的丈夫被刺刀挡在外面，只好在昂蒂布火车站候车室凑合了一晚。如此一来，那位军官就可以享受几小时的情爱了。

诚然，他无法想象自己管理一座要塞，更不用说寂静的黑海之滨温泉小镇上一道摇摇欲坠的土耳其城门了。但道理是一样的。你应该这样去爱，没有恐惧，没有障碍，不用去想明天。然后，之后没有遗憾。

*

优美的言辞。优美的情感。然而这样的行为超过了他的能力。他可以想象年轻中尉图哈切夫斯基做得到，要是他曾经当过警备司令。他自己的狂热……好吧，这会成为另一个不同的故事。他曾和高克[1]一起旅行过，此人是个相当不错的指挥，但也是一个彻头彻尾的资产阶级。他们一起待在敖德萨。在他和妮塔结婚前几年。那时候他还在努力让塔尼娅吃醋呢。可能还有妮塔。一次美味大餐后，他回到伦敦饭店的酒吧，挑了两个女孩。也可能是她们挑了

---

1 亚历山大·高克（1893—1963），苏联作曲家，指挥家。

他。不管是哪种情况，她们坐到了他的桌子边。她们都很漂亮，他很快被其中一个叫罗扎利娅的吸引了。他们谈起了艺术和文学，与此同时，他抚摸着她的屁股。他叫马车把她们送回了家，在他爱抚罗扎利娅的时候，那位朋友会别过头去。他陷入了爱河，他很清楚这一点。两个女人计划第二天坐轮船去巴统[1]，他跑去送她们。但女孩们止步于码头，因为在那里，罗扎利娅的朋友因为卖淫被捕了。

这对他来说是个意外。同时，他为罗佐茨卡[2]痴狂。他以头撞墙，撕扯头发，诸如此类；就像糟糕小说里的角色。高克严厉警告他远离那两个女人，说她们都是妓女，不要脸的婊子。但这只是让他更加兴奋，多有趣啊。那么有趣，他几乎要和罗佐茨卡结婚了，要不是他们来到敖德萨的婚姻注册所时，他发现自己把身份证明忘在了宾馆。然后，不知怎么的——他甚至想不起来为什么，是怎么样——一切戛然而止，他在凌晨三点，从刚刚停靠苏呼米[3]的小船上，跑进了倾盆大雨中。一切都是怎么回事？

但关键是，他并不后悔这一切。没有障碍，不用去想

1 巴统，格鲁吉亚的第二大城市。
2 罗佐茨卡是罗扎利娅的昵称。
3 苏呼米，格鲁吉亚自治共和国阿布哈兹的首府。

明天。他怎么会差点儿娶了一个职业妓女？他认为是情境使然，再加上点精神失常。也因为他内心的某种冲突。“母亲，这是罗扎利娅，我妻子。这肯定不意外吧？难道你没读过我日记？里面写了‘和一个妓女结婚’。女人有职业很好，你不也这样想？”还有，离婚很容易，所以为什么不结？他觉得如此爱她，几天后，就要娶她，又几天后，他在雨中逃开她。与此同时，那位老人家高克坐在伦敦饭店的餐厅里，考虑要一块炸肉排还是两块。谁能说什么才是最好？你只有事后才明白，届时为时已晚。

他是个内向的男人，总是被外向的女人吸引。这是否就是麻烦的一部分？

他点燃了另一支烟。在艺术和爱情之间，在压迫者和被压迫者之间，总有香烟。他想象着扎克列夫斯基的继任者，坐在他的办公桌后面，递过一包别洛莫尔。他会谢绝，递过去一支他自己的卡兹别克。审讯者也回以拒绝，然后每个人都将自己挑的香烟放在桌上，舞曲结束。艺术家吸起了卡兹别克，烟盒上的图案正暗示着自由：一匹奔驰的骏马，上面的骑手背对着卡兹别克山脉。据说，这图案是斯大林亲自审定的：尽管这位伟大领袖吸他自己的牌子，赫泽格维娜·伏洛尔。它们是为他定制的，你可以想象有多么精准。并不是说斯大林直接就把一支赫泽格维娜·伏洛尔放在唇间。他做事不那么简单。不，他喜欢拆开烟卷，然后碾碎烟草放进他的烟斗里。那些知情人告诉那些不知情的人，斯大林的办公桌乱成一团，满是丢弃的烟纸、烟盒和烟灰。他知道这件事，或者说，他不止一次听说过这件事，因为关于斯大林，没有一件事不起眼，不值得传播。

没有人会在斯大林在场的时候，吸一支赫泽格维娜·伏洛尔——除非斯大林给了一支，那时他们会偷偷地尽量不吸，之后当作圣迹炫耀。那些执行斯大林命令的人，倾向于抽别洛莫尔。内务部的就抽别洛莫尔，它烟盒上的图案是俄国地图；标为红色的是白海运河，香烟以此得名。这项伟大的苏维埃工程完成于30年代早期，是由劳改犯修建的。不同寻常的是，很多宣传会提到这个事实。它声称，在建设运河期间，罪犯们不仅帮助国家发展，也“改造了他们自己”。好吧，那里有十万劳动力，其中有些可能是提高了他们的道德水平；但据说四分之一的人死掉了，而他们显然没有被锻造成新人。他们只是树木被砍伐时飞溅出来的碎片。内务部的人会点上他们的别洛莫尔，在袅袅的烟雾中，描绘着挥舞斧头的崭新梦想。

毫无疑问，妮塔进入他生活的时候，他正在抽烟。妮娜·瓦尔扎尔，瓦尔扎尔三姐妹中的老大，径自从网球场上下来，散发出快活、笑声和汗水。健美、自信、时髦，一头金发似乎让她的眼睛也变成金色的了。一个称职的物理学家，一位出色的摄影师，拥有自己的暗房，对家务不是很热衷，这是实情；不过他也不是很有兴趣。在一部小说中，他生活中所有的焦虑，他的强大和软弱的混合，他歇斯底里的潜质，都会被一个爱的漩涡裹挟，引向婚姻的喜悦和平静。但生活中有许多令人失望的东西，其中之一就是它从来都不是小说，既不是莫泊桑的小说，也不是其他人的。好吧，有可能是果戈理的一个讽刺短篇。

就这样，他和妮娜相遇了，成了恋人，但他还在努力将塔尼娅从她丈夫那里赢过来，然后塔尼娅怀孕了，然后他和妮娜敲定了他们结婚的日子，但在最后一刻，他无法面对，于是没有出现，逃婚了，躲了起来，但他们还是坚持了下来，几个月后，他们结婚了，然后，妮娜有了一个情人，既然事已至此，他们决定分手并离婚，之后，他也有了一个情人，他们就分手了，签了一份离婚协议书，但当离婚成真时，他们意识到他们犯了一个错误，六个星期后，他们复婚了，但他们还是没有解决他们之间的问题。在写给情人叶莲娜的信中，他说："我很优柔寡断，不知道是否有能力得到幸福。"

随后，妮塔怀孕了，一切必需的事情都稳定下来了。只是就在妮塔进入孕期第四个月，1936 年这个闰年开始了，在这一年的第二十六天，斯大林决定去看歌剧。

*

在读完《真理报》的社论后，他做的第一件事，就是给格利克曼发电报。他请他的朋友到列宁格勒中央邮局去订阅所有相关新闻的剪报。格利克曼会每天把它们带到他的公寓，他们将一起仔细阅读。他买了一个大大的剪贴簿，在第一页贴上了《混乱取代了音乐》。格利克曼认为，这有点太自虐了，但他说："它必须在那里，它必须在那里。"然后，每出一篇新文章，他都贴在里面。之前，他从没想过保存评论；但这次不同了，现在他们不仅评论他的音乐，还对他的存在发表了社论。

他注意到那些曾经不断赞扬《姆钦斯克县的麦克白夫人》的批评家，在过了两年后，如何突然发现它一无是处。一些人坦承了他们之前的错误，表示《真理报》的文章拨开了蒙蔽他们的迷障。他们被音乐和作曲家愚弄得多惨啊！他们终于看清了形式主义、世界主义和左派激进主义给俄国音乐的本质带来了多大的危险！他还注意到哪些音乐家现在公开发表反对他作品的声明，还有哪些朋友和熟人开始选择跟他保持距离。带着同样的表面上的平静，他阅读了来自普通大众的信件，他们中大部分人正好碰巧知道他的私人地址。许多人说，他的驴耳朵应该被割掉，还有他的脑袋。还有那些不可能收回的话，穿插在最正常的句子里，出现在报纸上。例如："今天，将举办一场人民公敌肖斯塔科维奇的作品音乐会。"这样的语句不是偶然采用的，也不会未经最高领导层的批准。

*

他感到疑惑，为什么权力现在将注意力转到音乐，转到他身上了？权力总是对语言而不是音符更感兴趣：被宣布为人类灵魂工程师的是作家，不是作曲家。作家会在《真理报》头版遭到谴责，作曲家是在第三版。差着两个版呢。这可小瞧不得：会有生死之别。

人类灵魂的工程师：一个冰冷、机械的词组。然而……艺术家面对的是什么，如果不是人类的灵魂？除非一个艺术家只是想装装门面，或者只想当有钱有势的人的哈巴狗。他本人一直反对贵族，无论是情感上、政治上，还是艺术原则上。在那充满乐观的年代里，不过就几年前，当时整个国家——如果不是人类本身——的未来都在被重新塑造，看上去似乎所有艺术可以最终被整合进一个辉煌的工程中。音乐、文学、戏剧、电影、建筑、芭蕾和摄影会形成动态的合作关系，不仅反映、批评或讽刺社会，也塑造它。艺术家们出于他们的自由意志，而不是政治上的引导，将帮助他们的人类伙伴发展和完善他们的灵魂。

有什么不可以？这是艺术家最古老的梦想。或者，就像他现在想的，是艺术家最古老的幻想。因为政治官僚很快就来控制这个工程了，过滤掉其中的自由、想象、复杂和微妙，没有这些，艺术只会变得愚蠢。“人类灵魂的工程师。”这里有两个主要的问题。首先是，许多人并不想让自己的灵魂被人设计，对不起，多谢。他们对自己来到这个世界时的灵魂的样子很满意；当你要去引导他们时，他们会反抗。来这场自由的露天音乐会吧，同志们。噢，我们真的认为你该来。是的，当然这是自愿的，但如果你没露面，可能就犯了错误……

第二个关于人类灵魂工程师的问题更本质一些。那就是：谁来做工程师的工程师？

他记得在哈尔科夫一座公园的一场露天音乐会。他的《第一交响曲》让附近的狗都狂吠起来。群众大笑，乐队演奏得更大声，所有的狗叫得更响了，观众也笑得更大声了。现在，他的音乐让更大的狗叫了起来。历史在重复自己：第一次是闹剧，第二次是悲剧。

他不想让自己变成一个戏剧性角色。但有时候，当他的思绪在深夜跳跃，他会想：所以，历史就是这样。所有的斗争、理想、希望、进步、科学、艺术和良知，都这样结束了，剩下一个男人站在电梯旁，脚边一个装着香烟、内衣和牙粉的小行李箱；他站在这里，等着被抓走。

他强迫自己的思绪转向另一个带着不同旅行箱的作曲家。革命后不久，普罗柯菲耶夫离开俄国去了西方；1927年他第一次回国。他是一个见过世面的人，谢尔盖·谢尔盖耶维奇，有着高级的品位。他还是基督教科学派的成员，虽然这不是故事的重点。苏联边防的海关人员没怎么见过世面；而且，他们的脑子里塞满了颠覆、间谍和反革命。他们打开了普罗柯菲耶夫的行李箱，发现最上面放了一样让他们迷惑的东西：一套睡衣。他们摊开睡衣，拿起来翻来覆去地看，面面相觑。可能，谢尔盖·谢尔盖耶维奇也很尴尬，总之，他让妻子来解释。但流亡了这些年后，普塔什卡已经忘了睡衣用俄语怎么说。问题最终靠肢体语言解决了，夫妻俩被允许过关。但怎么说呢，这件事完全是典型的普罗柯菲耶夫风格。

他的剪贴簿。什么样的人会去买一本剪贴簿，然后在里面贴满侮辱自己的文章？一个疯子？一个讽刺家？一个俄国人？他想到了果戈理，站在镜子前，用一种厌恶而疏远的语气，一遍遍喊自己的名字。他并不觉得这像疯子所为。

他的官方身份是所谓的“无党派布尔什维克”。斯大林喜欢说，布尔什维克最优秀的品质是谦逊。是的，俄国是大象们的祖国。

当加琳娜出生时，他和妮塔常常开玩笑说，要给她起名萨布丽娜。意思是小糊涂。糊涂家族。这是一种虚张声势的反讽。不，是自毁式的愚蠢。

图哈切夫斯基写给斯大林的信没有收到回复。德米特里·德米特里耶维奇本人也没听从普拉东·克尔任采夫的建议。他没有做公开声明，没有为年轻无知道歉，没有改变初衷；虽然他收回了他的《第四交响曲》，对那些没有聆听之耳的人来说，那自然听上去就像一堆鸭叫、猪哼和狗吠。与此同时，他的所有歌剧和芭蕾舞剧都被从保留剧目中清走了。他的职业生涯就这样结束了。

然后，在 1937 年春天，他和权力有了第一次对话。当然，他之前和权力说过话，或权力也和他说过话：官员、官僚和政治家们带来过意见、建议和通牒。权力通过报纸公开和他说话，也在他耳边私下低语。最近，权力羞辱了他，夺走了他的生计，命令他忏悔。权力告诉他怎样工作，怎样生活。现在它可能暗示，经过一番考虑，它不想让他再活下去了。权力决定和他面对面。权力的名字叫作扎克列夫斯基，而权力——它对他这样生活在列宁格勒的人如此表达自己——住在“大房子”里。很多进了里特尼大街

“大房子”的人，再也没有现身。

他被约在星期六早上见面。他坚持跟家人和朋友说，那不过就是走走形式，可能是《真理报》持续批评他的文章的自然结果。他自己几乎不信，也怀疑他们会信。没什么人会被传唤到“大房子”去讨论音乐理论。他自然很守时。一开始，权力很端正，很礼貌。扎克列夫斯基询问了他的工作，他职业生涯的进展，他接下来打算创作什么曲子。在答复时，他提到——差不多是条件反射——他准备写一首以列宁为主题的交响乐，这应该属实，令人信服。然后，他觉得可以合乎情理地提到针对他的媒体战了，而审讯者对此几乎草草敷衍过去，让他更受鼓舞。接着，他被问到了他的朋友，他会定期见谁。他不知道该如何回答这样的问题。扎克列夫斯基引导了他。

“我想，你和图哈切夫斯基元帅很熟？”

“对，我认识他。”

“告诉我，你怎么认识他的。”

他回想起他们在莫斯科那个小礼堂的后台碰见的情景。他解释说元帅是位著名的音乐爱好者，出席过他的很多音乐会，他自己拉小提琴，甚至有制作小提琴的爱好。

元帅邀请他去过他的公寓；他们甚至还一起演奏过音乐。他是一个不错的业余小提琴手。他是说“不错”？从能力上来说，当然。是的，当然，还能提高。

但扎克列夫斯基对元帅的指法和运弓技巧有多高深，不感兴趣。

“你去过他家很多次？”

“是的，时不时去。”

“时不时去了多少年？八年，九年，十年？”

“对，差不多吧。”

“好吧，我们可以说，每年拜访四到五次？一共去了四五十次？”

“我会说少一些。我从未统计过。但肯定没那么多。”

“但你是图哈切夫斯基元帅的密友之一？”

他停下来想了想。“不，不是密友，但是好朋友。”

他没有提到元帅为他筹集了财政支持；给他建议；为了帮他，写信给斯大林。扎克列夫斯基也许知道这些事，也许不知道。

“在这四五十次去你好朋友家的时候，还有谁在场？”

“没有这么多次。只有家里人。”

“只有家里人？”审讯者的语调自然带着疑虑。

“还有音乐家。音乐理论家。”

“是否偶尔也有政治家在那里？”

“不，没有政治家。”

“你这么确定？”

“哦，你瞧，有时候那里有很多人在聚会。而我并不都认识……事实上，我常常在弹钢琴……”

“你们都谈了些什么？”

“谈音乐。”

“还有政治？”

“没有。”

“说吧，说吧，怎么会有人不跟图哈切夫斯基元帅谈政治呢？”

“他已经，我们可以说，下班了吧。那里只有朋友和音乐家。”

“那里是否还有其他下班的政治家？”

“不，从来没有。我在的时候，那里从来没有谈论过政治。”

审讯者看了他很久。然后变了个语调，就好像要让他做好思想准备，他的立场将变得威严。

“现在，我认为你应该发动你的记忆。就你的身份而言，你在图哈切夫斯基元帅家时，不可能像你说的那样只是个‘好朋友’，十多年的定期交往里没谈过政治。譬如，暗杀斯大林同志的阴谋，对此你听说过什么？”

这时候，他知道，他是个死人了。“又一个人的时辰就要到了”——这一次，轮到他了。他尽可能清楚明白地重申，在图哈切夫斯基元帅家，从未谈及政治；纯粹是音乐之夜；国家大事跟帽子和大衣一起，留在门边了。他不确定这是否是最好的措辞。但扎克列夫斯基几乎没在听。

“好吧，我建议你再使劲想一想，”审讯者告诉他，“其他一些客人已经证实了那个阴谋。”

他意识到图哈切夫斯基一定被抓起来了，元帅的职业生涯结束了，还有他的生命；调查才刚刚开始，元帅的所有身边人很快就会从地球表面消失。他自己的清白无关紧要。他的回答是否真实也无关紧要。所有已经决定的，已经决定了。如果他们想要证明一个他们刚刚才发现或刚刚才发明出来的阴谋荼毒甚广，以至于连这个国家最著名的（如今是最丢人的）作曲家都卷入其中，那么，他们就会这样证明。这也解释了扎克列夫斯基在结束询问时就事论事的平淡口吻。

“很好。今天是星期六。现在十二点，你可以走了。不过，我只给你四十八个小时。到星期一的十二点，你会记起所有事。你必须回想起所有讨论的每一个细节，这个针对斯大林的阴谋，你将是主要证人。”

*

他是个死人了。他把所有这些都告诉了妮塔，他看到在她的强颜欢笑下，她已经同意他是个死人了。他知道他必须去保护身边的亲人，要这样，就必须保持冷静，但他只剩慌乱。他烧掉了所有可能连累别人的东西——只是，一旦你被贴上人民公敌、已知刺客的同伙这样的标签，你身边的一切已受牵连。他最好把整个公寓都付之一炬。他担心妮塔，担心他的母亲，担心加莉娅，担心每个曾进出他公寓的人。

“人无法逃避命运。”就这样，他将在三十岁死去。肯定比佩尔戈莱西[1]年长，但要比舒伯特年轻。就此而言，和普希金差不多。他的名字和他的音乐会被抹去。他不仅将不复存在，他从来就没存在过。他是一个错误，被迅速纠正；是照片中的一张脸，但会在第二次印刷时消失。而即便在未来的某个时间点，他被发掘出来，他们会发现什么

1 乔瓦尼·巴蒂斯塔·佩尔戈莱西（1710—1736），意大利作曲家、小提琴家、风琴演奏家，1736年因肺结核去世，年仅26岁。

呢？四首交响乐，一首钢琴协奏曲，一些管弦乐协奏曲，两首弦乐四重奏的片段——哪首都没写完，一些钢琴曲，一首大提琴奏鸣曲，两部歌剧，一些电影和芭蕾舞配乐。他将因什么被记住？那部让他蒙羞的歌剧？那首他明智地撤回的交响乐？也许他的《第一交响曲》将会成为欢快的序曲，在那些有幸比他活得长的作曲家的成熟作品音乐会上演奏。

不过，他知道，即便这也是虚幻的安慰。他本人怎么想无关紧要。未来会决定未来将决定的事情。比如，他的音乐一点也不重要。比如要是他没有因为虚荣而卷入针对国家领导人的谋反活动，可能会在音乐上有所作为。谁能说出未来会相信什么？我们对未来有太多的期待，希望它能和现在抗争。谁能说出他的死会给家庭投下怎样的阴影。他想象加莉娅在西伯利亚孤儿院长到十六岁，以为父母狠心抛弃了她，她父亲写过的音符她连一个都不会知道。

刚开始向他发出威胁时，他告诉朋友：“就算他们砍掉我的双手，我也要口衔钢笔继续创作。”这是蔑视的言辞，想要以此支撑每个人的灵魂，包括他自己的。但他们不想砍掉他的双手，他那短小的、“不宜弹钢琴”的双手。他们也许想要折磨他，因为他忍不住疼痛，会马上同意他们说的每件事。名单将放在他面前，他会暗示他们所有人。不，他会说得很简短，会很快变成是的，是的，是的和是的。是的，我那时候在元帅公寓里；是的，我听见他说了所有你认为他也许说过的话；是的，这个将军和那个政治家都卷入了阴谋，我亲眼所见，亲耳所闻。但是，不会有砍掉双手那样夸张的情形，只有一颗高效的子弹钻进后脑勺。

他的那句话，往好里说，只是愚蠢的自吹，往坏里说，不过是修辞。权力对修辞没有兴趣。权力只知道事实，它的语言由措辞和委婉语构成，用来公开或隐瞒那些事实。在斯大林的俄国，没有口衔钢笔创作的作曲家。从此以后，只有两种类型的作曲家：战战兢兢活着的和已经死掉的。

*

如今他才刚体会到他内心的年轻不可战胜。不仅如此，它无法被收买。除此之外，在此背后，是种信念，对他拥有的不管什么天赋，对他创作的不管什么音乐，他坚信它们的正确与诚实。这一切，都没有被摧毁。只不过到如今完全无关紧要了。

星期六晚上，还有星期天晚上，他一直喝到入睡。此事不难。他有点头晕，几杯伏特加就能把他干倒。这弱点也是有好处的。喝酒，然后躺倒，其他人需要继续喝才行。它让你第二天头脑更清醒，能更好地工作。

阿纳帕是个著名的葡萄疗法中心。有一次他和塔尼娅开玩笑，说他喜欢伏特加疗法。就这样，现在，在这可能是他人生最后两晚的时刻，他使用了这种疗法。

星期一早上，他亲吻了妮塔，最后一次拥抱了加莉娅，然后坐上公共汽车，前往里特尼大街上那座阴沉的灰色建筑。他总是很守时，赴死时也很准时。他凝望着涅瓦河，河流会比他们所有人都长命。在“大房子”，他向接待处警卫自报家门。警卫看了一眼花名册，没找到他的名字。他被要求再重复一遍。他照做了。警卫又查了一遍名单。

“你来干什么？要见谁？”

“审讯员扎克列夫斯基。”

卫兵慢慢点了点头。然后，没有抬头，说：“好了，你可以回家了。你不在名单上。扎克列夫斯基今天不来，所以，没有人接待你。”

就这样，他和权力的首次对话结束了。

他回了家。他怀疑这一定是个诡计——他们让他走，好跟踪他，然后逮捕他所有的朋友和同伴。但结果是他生命中一个突如其来的运气。在周六到周一之间，扎克列夫斯基自己受到了怀疑。他的审讯员被审讯了。他的逮捕者被逮捕了。

然而，如果他被“大房子”打发不是一个诡计，那就只能是官僚拖延。他们不可能放弃对图哈切夫斯基的追查；因此，扎克列夫斯基的离去只是一个临时故障。某个新的扎克列夫斯基将会得到指令，召见会再次到来。

元帅被捕三个星期后，和红军高层一起被枪毙了。将军暗杀斯大林同志的阴谋被及时发现了。在那些被捕并被枪决的图哈切夫斯基的贴身亲信中，有他们共同的朋友，杰出的音乐理论家尼古拉·谢尔盖耶维奇·日利亚耶夫。也许有一个音乐理论家的阴谋等着被揭露，然后是作曲家的，长号手的。为什么不呢？“这世界只剩疯狂。”

好像就在不久前，他们还在嘲笑尼古拉耶夫教授对音乐理论家的定义。想象一下我们正在吃炒鸡蛋，教授常常这样说。我的厨师帕沙做好了这道菜，然后你我开始吃起来。这时来了一个没有做也没有吃的人，但他谈论起它们来就好像他知道它们的一切——那就是音乐理论家。

但现在这一点也不好玩了，他们连音乐理论家也要枪毙。尼古拉·谢尔盖耶维奇·日利亚耶夫被认定犯了如下罪行：鼓吹君主制，搞恐怖主义和从事间谍活动。

就这样，他开始了在电梯前的守夜。他不是唯一这么做的人。这个城市里的其他人也在这么做，不想让他们所爱的人看见他们被逮捕的一幕。每天晚上，他都例行其事：清空他的肠子，亲吻他睡着的女儿，亲吻他醒着的妻子，从她手上拿过那个小行李箱，然后关上前门。就好像他要出门上夜班一样。某种程度上说是的。然后他站在那里等待着，回想着过去，担心着将来，在短暂的当下吸着烟。搁在小腿边的行李箱让他安心，也消除了别人的疑虑；这办法很实用。这让他看上去好像控制着事态的发展，而不是受事态控制。提着行李箱离家的人，通常都会回来的。穿着睡衣被从床上拽走的，通常不会。这是不是真的，一点也不重要。重要的只有这一点：他看上去好像并不害怕。

他脑子里有这样一个问题：站在那里等他们算勇敢还是怯懦？或者都不是，仅仅是明智的？他并不指望能找到答案。

*

扎克列夫斯基的继任者会不会像扎克列夫斯基那样，先是彬彬有礼的预热，然后强硬起来，恐吓他，最后邀请他带着名单回来？不过，既然图哈切夫斯基已被审判、定罪和枪决，他们还需要指认他的额外证据吗？更有可能，这会是更大范围审查的一部分，调查元帅的外围朋友，核心圈子已经被处理掉了。他们会审问他的政治信仰，他的家庭和工作关系。是的，他记得自己还是孩子的时候，站在尼古拉耶夫斯卡亚大街公寓楼前的情景，他戴着红领巾，很自豪；之后他和一群同学奔向芬兰火车站，去迎接伟大的列宁回到俄国。他最早的作品，比正式的“作品一号”要早，是一首《纪念革命烈士的葬礼进行曲》和一首《自由颂》。

不过，继续往下，事实就不再是事实了，仅仅是针对不同说法的公开说明。所以说，他的孩子和克伦斯基、托洛茨基[1]的孩子在同一所学校就读：这曾经是一件让人自豪的事情，然后成了有趣的事，现在可能是一种沉默的羞耻。他的舅舅，马克西姆·拉夫连季耶维奇·科斯特里金，一位因1905年革命而流放西伯利亚的老布尔什维克，是第一个让他的外甥对革命产生热情的人。但是，这是曾经的光荣和神圣。

他从没有入过党，但是，作为一个“无党派布尔什维克”，他让自己显得全心拥护党。他为歌颂革命及其所有成果的电影、芭蕾舞和清唱剧谱写了音乐。他的《第二交响曲》中有一个庆祝革命十周年的大合唱，其中他采用了诗人亚历山大·别济缅斯基的一些诗句。他也谱写了赞美集体化、谴责破坏工业的曲子。他为电影《迎展计》写的音乐获得了极大的成功，在电影里，一群工人自发地设计出一个促进生产的计划。这个国家，到处有人在哼唱《相逢

1 亚历山大·克伦斯基（1881—1970），俄国社会革命党人，1917年俄国革命中的重要政治人物；列夫·托洛茨基（1879—1940），苏联政治家，苏联红军的缔造者。两人先后被迫流亡海外。

之歌》，吹它的曲调，现在还是这样。眼下——也许是一直以来，他在写一首交响乐，而且，当然是需要多久就写多久——是专门纪念列宁的。

他怀疑这些没一样能说服扎克列夫斯基的后继者。他不相信人类能完美，不相信人类灵魂可以“建设”。在新经济政策实行五年后，他写信给朋友，说“人间天堂将在两千亿年后到来”。但现在，他想，这可能还是太乐观了。

理论是清楚的、明了的、可以理解的。生活是混乱的、毫无意义的。他已经将自由恋爱的理论付诸了实践，一开始是和塔尼娅，然后是和妮塔。事实上，是同时和她俩；她们在他心里重叠，有时仍然如此。这是一个缓慢痛苦的过程，发现爱情的理论跟不上生活的现实。就像曾经读过作曲手册，就期待能写出一部交响乐。除此之外，他本人总是意志薄弱、犹豫不决——除了那些意志坚强、行事果断的场合。但即便那时，他做出的也不一定是正确的抉择。所以，他的感情生活就……该怎么总结呢？他对自己苦笑。是的，确实是：混乱取代了音乐。

他想要塔尼娅；他母亲不同意。他想要妮娜；他母亲也不同意。他把结婚的事瞒了她好几个礼拜，不希望他们最初的快乐被糟糕的感觉所笼罩。他承认，这不是他人生中最英勇的行为。而当他坦白这件事情的时候，他母亲的反应好像她一直就知道——可能她读过了婚姻注册员的日记——也看不出有什么理由支持他们。她有一种谈起妮娜的方法，听似表扬，实则批评。也许，在他死后——可能不会太久了，她们将一起组成一个家庭。母亲、媳妇和孙女：三代女人。这种家庭现在在俄国越来越常见。

他可能让事情变糟了；但他不是傻瓜，也并不幼稚。从一开始，他就知道，必须要把属于恺撒的还给恺撒[1]。那么，恺撒为什么要生他气？没人可以说他不够多产：他写得很快，很少超过截止期。他能写出相当悦耳的音乐，让他高兴一个月，让公众高兴上十年。但问题就在于此。恺撒不仅要得到上呈的贡奉；他还决定了应该支付的货币。肖斯塔科维奇同志，为什么你新的交响乐不像你那首精彩

1 “恺撒的归恺撒，上帝的归上帝”，语出《圣经·新约》。法利赛人设套问耶稣犹太人税收是否要交罗马政府这个敏感问题，耶稣的回答“恺撒的归恺撒，上帝的归上帝”明确了人属于政权，有应尽的义务；但人更属于天主。政权和神权都出于天主，行施于人，不能互相排斥，更不能互相否认。

的《相逢之歌》？为什么疲惫的钢铁工人在回家路上不再用口哨吹奏它的主旋律了？肖斯塔科维奇同志，我们知道，你完全能够写出群众喜闻乐见的音乐。所以，为什么你还要坚持形式主义的鸭叫和猪哼？那些仍然掌控音乐厅的自命不凡的资产阶级，不过是假装喜欢而已。

不错，他对恺撒还抱有天真的幻想。更准确地说，他还在按过时的方式工作。在过去，恺撒需要的是贡金，一个承认他权力的数目，一个你被估量的价值的特定比例。但情况发生了变化，克里姆林宫的新恺撒们将系统升级了：现在，你的贡金就是你百分之百的价值。或者，如果有可能，还更多。

当他还是个学生时——那是一段充满了快乐、希望和坚定信念的岁月，他作为一个电影钢琴伴奏，苦干了三年。他为涅夫斯基大街上的皮卡迪里影院伴奏，也为亮卷影院和丽宫影院伴奏。这是一份艰难而卑贱的工作；有些影院老板是吝啬鬼，常常不付工资，解雇了之。虽然如此，他还是会提醒自己，勃拉姆斯也曾在汉堡的水手妓院弹琴。当然，那可能更有趣一些。

他努力看着上方的银幕，弹奏着适合的音乐。观众们喜欢那些浪漫怀旧的曲子，他们听着熟悉；但他常常觉得厌烦，开始弹起自己的作品。这进行得不太顺利。电影院和音乐厅正相反：观众讨厌什么时，他们会鼓掌。一天晚上，他为电影《瑞典的沼泽水鸟》伴奏时，发现自己充满了更甚以往的讥讽情绪。一开始，他在钢琴上模拟鸟叫，然后，在沼泽水鸟越飞越高时，钢琴自行激昂起来。响起了喧闹的掌声，他还天真地以为那是针对可笑的电影的；所以弹得更卖力了。之后，观众向影院经理投诉：钢琴师一定喝醉了，他弹的绝不是音乐，他侮辱了这部优美的电影，也侮辱了它的观众。经理解雇了他。

现在，他意识到，这正是他职业生涯的缩影：努力工作，些微成功，没能尊重悦耳的规范，官方反对，报酬暂停，解雇。只是，现在他在成人世界，解雇意味着终局。

他想象他妈妈坐在电影院里，他女友的影像投射到银幕上。塔尼娅——他妈妈鼓掌。妮娜——他妈妈鼓掌。罗扎利娅——他妈妈鼓得更用劲了。克利欧佩特拉，米洛的维纳斯，示巴的女王[1]——他妈妈无动于衷，继续面无笑容

---

1 示巴女王，《圣经·旧约》中人物，阿拉伯半岛的女王。

地鼓掌。

他的守夜活动持续了十天。妮塔认为——不是凭证据，更多的是出于乐观和信心——最迫在眉睫的危险可能已经过去了。他们谁也不信，但他厌倦了站在那里，厌倦了等待电梯的吱嘎声。他对他自己的恐惧也厌倦了。于是，他回来和衣躺在黑暗中，他的妻子睡在身旁，他的过夜行李靠在床边。不远处，加莉娅睡着了，婴儿都那样，无忧无虑。

然后，有天早上，他拿起行李箱，打开了。把他的内衣放回抽屉，把牙刷牙粉放回盥洗室的橱柜，把三盒卡兹别克放到桌上。

他等待权力继续跟他的对话。不过，他再也没有收到来自“大房子”的消息。

倒不是说权力闲着。很多他身边的人开始消失，一些去了集中营，一些被处决了。他的岳母、小舅子、那个老布尔什维克舅舅、同伴、一个从前的恋人。在那个决定性的星期一没来上班的扎克列夫斯基怎样了？没有人再听说过他。也许，扎克列夫斯基从未真的存在过。

不过，命运是无可逃避的；而他的命运，在这一刻，显然是活下去。活着，工作。不可能有休息。“我们只有在做梦的时候才停歇”，就像勃洛克[1]说的；尽管在那时，绝大多数人连做梦也不消停。但生活在继续，不久，妮塔又怀孕了，紧接着他开始增加作品的数量，他原担心会终止于《第四交响曲》。

他那年夏天创作的《第五交响曲》，于1937年11月在列宁格勒交响音乐厅首演。一位上了年纪的语言学家告诉格利克曼，在他的有生之年中，之前他只目睹过一次如此响亮而持久的喝彩：那是四十四年前，柴可夫斯基指挥了他的《第六交响曲》首演。一个记者（不知是出于愚蠢、期望还是共鸣），将《第五交响曲》形容为“一个苏联艺术家对公正批评的创造性回答”。他从来没有否定这一说法；很多人开始相信，这是他亲自在谱子封面上写下的话。结果，这些词语变成了他写下的，或应该说，他从未写下的，最著名的话。他让它们存在，因为它们保护了他的音乐。让权力拥有词汇，因为词汇无法沾污

1 亚历山大·勃洛克（1880—1921），俄国著名诗人。代表作长诗《十二个》是最早描写十月革命的长诗之一。肖斯塔科维奇晚年为勃洛克的诗谱曲《浪漫曲七首》。

音乐。音乐能从词语中逃脱：这是它的目标，也是它的庄严。

这句话还让那些驴耳朵在他的交响乐里听到了他们想听的东西。他们没注意到最后乐章里的尖锐讽刺，那是对胜利的嘲笑。他们只听到了胜利本身，听到了对苏联音乐和苏联音乐理论、对斯大林体制之光下的生命的一些忠诚背书。他用最强音和主大调结束了交响乐。如果他用弱音和小调结束，会怎样？如果这样，一条或者几条生命也许会被终结。是的，“世上只有荒谬”。

《第五交响曲》迅速获得了广泛的支持。这样一种突然的现象，随后得到了官僚和御用音乐学者的分析，他们为作品写了一份官方说明，来帮助苏联公众理解。他们称他的《第五交响曲》是“一出乐观的悲剧”。

第 二 章

在飞机上

他只知道，这是最坏的时候。

一种恐惧驱除了另一种恐惧，就像新愁让你忘了旧恨。所以，当上升的飞机看上去像要撞到坚固的岩脊时，他开始全神贯注于当下的、迫在眉睫的恐惧：他会成为牺牲品，会粉身碎骨，会立刻灰飞烟灭。恐惧通常也会驱走其他所有情绪；但赶不走羞耻。恐惧和羞耻在他的肚子里快乐地痛饮。

他可以看见美国海外航空公司飞机的机翼和转动的螺旋桨；还有它们就要一头扎入的云层。代表团的其他成员，位子更好、好奇心更强的，脸贴在小窗上，要最后瞥一眼纽约的地平线。其中六个情绪高涨，他可以听见他们的动静，热切地等待着空姐过来发放第一轮饮料。他们将为演出的大获成功而干杯，让彼此确信，正是因为他们如此有力地推进了和平事业，那个战争贩子国务院才会取消他们的签证，提前让他们打包回家。他也盼着空姐和饮料来，但出于不同的理由。他想忘掉发生过的一切。他拉下了带图案的窗帘，仿佛要盖住记忆。不过不管喝多少，机会都不大。

“只有好伏特加，极品伏特加——没有什么坏伏特加。”从莫斯科到列宁格勒，从阿尔汉格尔斯克到古比雪夫[1]，这都是至理名言。但现在他知道了，还有一种美国伏特加，例行添进了水果香味，掺杂着柠檬、冰块和奎宁水，伏特加的味道在鸡尾酒中被掩盖了。因此，也许确实有坏伏特加这种东西。

战争期间，担心即将到来的长途旅行，他有时会去进行催眠疗法。他本希望坐上出国航班前治疗一次，然后在纽约那周每天一次，回程前再治疗一次。或许还有更好的办法，他们可以直接把他装进一个木箱，准备上一星期的香肠和伏特加，在拉瓜迪亚飞机场卸下，回程时再装回飞机。这样，德米特里·德米特里耶维奇，旅途怎样？很好，谢谢，我看到了所有希望看到的，同伴们也很友善。

航班上，他旁边座位上坐着一名官方保镖，也是看守和翻译，二十四小时前，他成了他新交的最好的朋友。他当然抽别洛莫尔。递给他们英文和法文菜单时，他请他的

1 古比雪夫，俄罗斯伏尔加河中游城市，现改名为萨马拉，萨马拉州的首府。

同伴为他翻译。右边是鸡尾酒、酒精类饮品和香烟。左边，他想，应该是吃的。不，回答说，这是你可以点的其他东西。一根官僚食指在清单上指指点点。多米诺骨牌、跳棋、骰子、双陆棋。报纸、文具、杂志、明信片。电动剃须刀、冰袋、缝纫包、医药箱、口香糖、牙刷、面巾纸。

“那是什么？”他指着没有翻译的东西问。

一个空姐被叫了过来，花了很长时间解释。最后，他被这样告知：

“安非他命吸入器。”

“安非他命吸入器？”

“这是为资本主义瘾君子准备的，好让他们在起飞和降落时麻醉自己。”他新交的最好的朋友说，带着某种装模作样。

他本人在起飞和降落时，忍受着非资本主义的恐惧。要不是他知道这么做会被立刻记录在案，他一定会试一下这个颓废的西方发明。

恐惧：制造恐惧的人知道些什么？他们知道它起作用了，甚至知道它是怎么起作用的，但不知道它感觉起来如何。“狼说不出羊的恐惧”，正如他们所说。当他在列宁格勒等着“大房子”的命令时，奥伊斯特拉赫[1]正在莫斯科等着被捕。这位小提琴家向他描述过，他们怎么一夜又一夜跑来他的公寓大楼带走某个人。从来不是群捕；只抓走一个牺牲品，然后下一晚再带走一个——这种做法让那些留下的人，那些暂时幸存的人，越来越恐惧。最后，所有房客都被带走了，只剩下他家和对门那家。第二个晚上，警车又来了，他们听到楼下房门砰地关上，脚步声沿着走廊过来了……进了另一间公寓。奥伊斯特拉赫说，就从那一刻起，他一直在害怕，而且，他知道，这恐惧将延续余生。

*

现在，在回程的航班上，他的看守让他一个人待着。抵达莫斯科还要三十个小时，途中会在纽芬兰、雷克雅未克、法兰克福和柏林停降。旅途至少比较舒适：座位不错，噪音可忍，空姐打扮得很得体。她们带来了盛在瓷盘里、铺着亚麻布、配以厚重餐具的食物。政治家一样肥胖油亮的大虾，在蘸虾调料里浮荡。一块方方正正的牛排，旁边配着蘑菇、土豆和青豆。还有水果沙拉。他吃起来，但主

1 大卫·奥伊斯特拉赫（1908—1974），苏联著名小提琴家、中提琴家，被认为是20世纪最杰出的小提琴家之一。

要是在喝酒。他不再像年轻时那么容易头晕了。苏格兰威士忌加苏打水，一杯接着一杯，但还是没有让他失去知觉。没人阻止他，无论乘务员还是他的同伴们，他们听上去很快乐，估计也喝得一样多。然后，上了咖啡，机舱似乎变暖和了，所有人都睡着了，包括他本人。

他对美国曾有过怎样的希望？他曾期望能和斯特拉文斯基会面。即便他知道这只是个梦想，事实上是幻想。他一直仰慕斯特拉文斯基的音乐。几乎没错过一次《彼得鲁什卡》在马林斯基剧院[1]的演出。在《婚礼和弥撒》的俄国首演上，他弹奏双人钢琴，公开演奏《A 大调小夜曲》，将《诗篇交响曲》改编成四手联弹。如果 20 世纪只有一位作曲家可以被称作大师，那就是斯特拉文斯基。《诗篇交响曲》是音乐史上最辉煌的作品之一。所有这些，他如是宣称全部属实，没有丝毫怀疑或犹豫。

但斯特拉文斯基不会来。他发了一封冷漠而到位的电报："很遗憾不能前往欢迎苏维埃艺术家来这个国家访问。但我所有的道德和审美信念都反对这种姿态。"

---

1 马林斯基剧院，俄罗斯圣彼得堡一个历史性的歌剧和芭蕾舞剧院。

*

他对美国曾有过怎样的期待？当然不是戴着高礼帽、穿着星条旗背心的卡通资本家，在第五大道上大步走来，脚下践踏着饥饿的无产阶级。他期待的，最多是一片鼓吹着自由的土地——但他怀疑是否有这样一个地方存在。可能他想象过一个结合了技术进步、社会和谐与文明有礼的先驱国家，正蒸蒸日上。在这个国家的公路上旅行一圈后，伊利夫和彼得罗夫[1]写道，想到美国他们就变得忧郁，而美国人想到美国就正相反。他们还报道说，美国人和他们自己的宣传相反，本性很被动，因为所有东西对他们来说都经过了预先处理，从想法到食物。甚至连奶牛也在田野里一动不动，看上去就像浓缩牛奶的广告。

最早让他感到意外的是美国记者的行为。旅程一开始，他们就到法兰克福机场打前站，埋伏在那里。他们大声提问，照相机杵到他脸跟前。他们有一种欢快的粗鲁，价值优越感爆棚。他们喊不出你名字的发音，这是你名字

1 伊利夫（1897—1937）和彼得罗夫（1903—1942）是苏联散文家，他们的大部分作品都是两人共同创作的。

的错，不是他们的。所以他们就把名字缩短了。

“嘿，肖斯蒂，看这里！对着我们挥一下帽子！”

那是在拉瓜迪亚机场，已经很晚了。他尽力举起帽子挥了挥，其他代表也这么做了。

“嘿，肖斯蒂，给个微笑！”

“嘿，肖斯蒂，你喜欢美国吗？”

“嘿，肖斯蒂，你喜欢金发还是棕发？”

是的，他们甚至问他这种问题。如果在祖国，你被抽别洛莫尔的人监视，那么，在这里，在美国，你被媒体监视。飞机降落后，一个记者抓住一个空姐，探听苏联代表团在飞机上的行为。她回答说，他们和同伴们闲聊，喜欢喝干邑马提尼、苏格兰威士忌和苏打水。这样的信息适时地登在《纽约时报》上，好像它真的很有趣似的！

先说好的方面。他的行李箱装满了密纹唱片和美国香烟。他听了茱莉亚学院演奏的三首巴托克[1]四重奏，之后在后台与演奏者见面。他听了纽约交响乐团在斯托科夫斯

1 贝拉·巴托克（1881—1945），匈牙利作曲家、钢琴家，巴托克和李斯特被认为是匈牙利最伟大的作曲家。

基[1]指挥下演奏的帕努夫尼克、维吉尔·汤姆森、西贝柳斯、哈恰图良[2]和勃拉姆斯。他本人，用他那双小小的、"不宜弹钢琴"的手，在麦迪逊广场花园一万五千名观众面前，演奏了他的《第五交响曲》第二乐章。掌声如雷贯耳、汹涌不止、好胜心切。是的，美国是一片竞争的土地，因此他们可能想证明他们能比俄国听众鼓得更持久，也更大声。那让他感到窘迫，可能也（谁知道呢）让国务院窘迫。他还会见了那些诚挚欢迎他的美国艺术家：亚伦·科普兰、克利福德·奥德茨[3]、阿瑟·米勒，还有一个叫梅勒的年轻作家。他收到了一大本欢迎他来访的名册，有四十二个音乐家在上面签名，从阿缇·肖[4]到布鲁诺·瓦尔特。好的方面差不多就这些了。这是柏油桶里的几勺蜜。

---

1 列奥波德·斯托科夫斯基（1882—1977），英国指挥家，20世纪初期和中期最重要的指挥家之一。斯托科夫斯基曾担任辛辛那提交响乐团、费城管弦乐团、纽约交响乐团等多个乐团的音乐指导。

2 安德烈·帕努夫尼克（1914—1991），波兰指挥家、作曲家；维吉尔·汤姆森（1896—1989），美国作曲家、评论家；让·西贝柳斯（1865—1957），芬兰作曲家、小提琴家；阿拉姆·哈恰图良（1903—1978），苏联作曲家、指挥家。

3 艾伦·科普兰（1900—1990），美国作曲家、作家、指挥家；克利福德·奥德茨（1906—1963），美国剧作家、导演。后文提到的梅勒应该是诺曼·梅勒。

4 阿缇·肖（1910—2004），美国单簧管手、作曲家、演员。

他希望能藏身在几百个其他参与者中间，却沮丧地发现，他是苏联代表团里的明星。他在星期五晚上发表了一个简短的演说，然后在星期六晚上又作了一个长篇演讲。他回答了问题，摆姿势拍了照。人们对他不错；这是一次公开的成功，也是对他生活的最大的羞辱。他只感到自我厌恶和自我蔑视。这是个完美的圈套，而且，因为两部分互不相干，这圈套就更完美。一头是共产主义，另一头是资本主义，他本人在中间。他无能为力，只有在这条带点实验性的明亮通道里穿来穿去，一扇扇门在他面前打开，又在他身后迅速关上。

一切又重新开始，因为斯大林又让歌剧踏上旅程。多反讽？但这次不是他的歌剧，而是穆拉杰利[1]的，不过没什么两样，不管是结束还是开始。很自然，那又是一个闰年：1948 年。

暴虐颠倒了世界，这话是老生常谈；但是实话。在 1936 到 1948 年的十二年间，他感觉还是卫国战争期间最

1 瓦诺·穆拉杰利（1908—1970），苏联格鲁吉亚作曲家。代表作歌剧《伟大的友谊》。

安全。等待救援的灾难，正如他们所说。上百万又上百万的人死去了，不过至少苦难变得更加平常，其中包括他暂时得到的拯救。因为，尽管暴虐是幻想狂，它并不必然愚蠢。如果它愚蠢，就不可能幸存；就像如果它有原则，它也不能存活。暴虐明白绝大多数人的某些部分，即那些软弱的部分，是怎样运作的。它花了一些年排除牧师、清理教堂，但如果士兵在牧师祝福下在战斗中表现得更加顽强，那么牧师会因为短期有用而被召回。同样，如果战争期间人们需要音乐打起精神，那么作曲家也会被投入使用。

如果政权作了让步，人民也会让步。他发表了别人为他写的政治演说，但是——世界是如此颠倒啊——那些演说，其情感，如果不是说语言，他真的很认可。在一个艺术家的反法西斯集会上，他说了诸如此类的话，“我们和德国暴徒的伟大战斗”，还有“从棕色瘟疫中解放人类的使命”。“一切为了前线”，他敦促道，听起来就像权力本身。他的话语自信，流利，具有说服力。“不久，幸福的时代就会到来”，他鹦鹉学舌，模仿斯大林向艺术家同行许诺。

棕色瘟疫也包括瓦格纳，那位总是被权力投入使用的作曲家。整个世纪中，根据政治需要，他一会儿流行一会儿过时。《苏德互不侵犯条约》签订后，俄罗斯母亲拥抱了它的新法西斯盟国，就像一个中年寡妇拥抱一个年轻强壮的邻居，因为激情来得晚，所以毫无理智，抱得更热情。瓦格纳又成了一个伟大的作曲家，爱森斯坦[1]被派往莫斯科大剧院导演《女武神》。但不到两年，希特勒便入侵俄罗斯，瓦格纳又变回卑鄙的法西斯，一坨棕色糟粕。

*

这一切是一场黑色喜剧；尽管它掩盖了更重要的问题。普希金曾借莫扎特之口，说了这样的话：

> 天才和邪恶
> 这两样东西互不相容。你同意吗？

对他本人来说，他同意。瓦格纳有个卑鄙的灵魂，

---

1 谢尔盖·爱森斯坦（1898—1948），苏联电影导演，电影艺术理论家。代表作之一《战舰波将金号》在1958年布鲁塞尔世博会上，被评为电影史上最伟大的影片。

并且被展现了出来。他在排犹和对待其他种族的态度上，表现出邪恶。因此，他不可能是天才，哪怕他的音乐金光闪亮。

战争期间，他和家人大部分时间待在古比雪夫。他们在那里很安全，他母亲离开列宁格勒，和他们住在一起后，他的焦虑缓解了。而且，那里没什么猫削尖了爪子抓挠他的灵魂。当然，作为作曲家协会的一个爱国成员，他经常被召到莫斯科。他会为熬过旅途，准备足够多的蒜肠和伏特加。“最好的鸟儿是香肠”，在乌克兰人们常常这么说。火车经常会停靠好几个小时，有时是好几天；你永远不会知道，什么时候会因为军队调动，或者煤不够了，旅程就被打断了。

他坐软卧车厢出行，还算好，因为硬卧车厢就像隔离潜在伤寒疫情的病房一样。为了预防感染，他在脖子上挂了一串大蒜避邪物，每个手腕上也套了一串。“这味道会让女孩避而远之，”他会这样解释，“但战争期间必须做出这样的牺牲。”

一次，他从莫斯科回来，带着……不，他想不起来了。开了几天，火车停在一个长长的、灰不溜秋的站台上。他们打开窗，探出头。清晨的太阳映入眼帘，耳边响起某个乞丐嘶哑的下流歌曲。他们是不是给了他一些香肠？伏特加？几个戈比？为什么他会依稀记得这个车站，在成千上万人中依稀记得那个乞丐？是跟一个玩笑有关？他们某个人是不是开了个玩笑？到底是哪个人？不，这不好玩。

他想不起来乞丐的军营下流歌了。相反，想起来的，是上世纪的一首士兵之歌。他不知道调子，只记得以前浏览屠格涅夫信件时扫到的歌词：

> 俄罗斯，我珍爱的母亲，
> 她从不靠暴力拿走什么；
> 她只是收下欣然奉上的
> 那时，她正用刀子抵住你喉咙。

屠格涅夫不合他的文学趣味：太文明，不够荒诞。他更喜欢普希金和契诃夫，最好的是果戈理。不过就算是屠格涅夫，缺点再多，他也有一种真正的俄罗斯悲观主义。

事实上，他明白，成为俄国人，就是成为悲观的人。他还写过这样的话，不管你怎么刷洗一个俄罗斯人，他依然是俄罗斯人。这是那些人永远不会理解的。他们想成为人类灵魂的工程师；但俄罗斯人，缺点再多，也不是机器。所以他们忙活的并不真的是设计工程，而是揉搓。揉搓，揉搓，揉搓，让我们洗掉这种旧属性，在上面涂上闪亮的崭新属性。但这永远行不通——涂料一抹上，就簌簌往下掉。

成为俄罗斯人，就是成为悲观的人；成为苏联人，就是成为乐观的人。权力永远不明白这个。它认为，把宣传喂给剩下的人，就能得到乐观主义。但这里面的逻辑在哪里？就如他们通过音乐官僚和报纸社论，用不同的方式，不同的措辞，一直在告诉他，他们想要的就是一个“乐观的肖斯塔科维奇”。

只有极少数地方，乐观和悲观能幸福共处——事实上，就是对生存来说两者都必须存在的地方——其中之一就是家庭生活。所以，比如说，他爱妮塔（乐观），但不知道自己是否是一个好丈夫（悲观）。他是一个焦虑的男人，也知道这种焦虑会让人心里只有自己，不是个好伴侣。妮塔会出门上班，她一到单位，他的电话就会追来，问她什么时候回家。他明白这很讨人嫌；但他受焦虑左右。

他爱他的孩子们（乐观），但不确定是不是个好父亲（悲观）。有时候，他觉得他对孩子们的爱不太正常，甚至有点病态。是的，生活不是在田野上漫步，就像那句格言所说。

他教导加莉娅和马克西姆永远不要撒谎，永远要有礼貌。他坚持孩子要彬彬有礼。马克西姆很小的时候，他就跟他说，女人上楼，你应该走在她前面，女人下楼，你应该跟在她后面。两个孩子开始练习自行车时，他让他们知道交通法规，就算在最空旷的林间小路上骑行，也要这样做：伸出左臂，表示要左转弯了，伸出右臂，表示要右转弯了。在古比雪夫，他还监督他们每天早上做广播体操。他会打开收音机，然后三个人一起跟着做操，那个叫古德耶夫的家伙会用精神饱满的声音这样指导："很好！双脚打开，与肩同宽！第一节……"诸如此类。

除了这些为人父母的伸展运动，他没有对身体进行过别的训练；他仅仅只是住在身体里。一次，一个朋友向他展示了所谓的知识分子体操。你拿一个火柴盒来，把里面的东西全倒到地板上，然后弯下身子，一根一根捡起来。

第一次练习时，他就失去了耐心，几把抓起火柴，塞了回去。他没有放弃，但下一次，他刚刚弯下腰，电话就响了，立即要他去；于是女管家被指派去捡起那些火柴。

妮塔热爱滑雪和登山；但他只要感觉到滑雪板下狡诈危险的雪，就会陷入濒死的恐惧。她喜欢拳击比赛；他无法忍受看着一个人几乎把另一个人打死。他甚至不能掌握最接近自己艺术的运动形式：舞蹈。他能写出一首波尔卡，能在钢琴上快活地弹奏它，但如果把他放进舞池，他的脚会不听使唤。

他喜欢翻纸牌打发时间，这能让他平静下来；或者和朋友们打牌，只要能来钱。虽然他不够强壮，也不够协调足以参加比赛，但他喜欢当裁判。战前，在列宁格勒，他获得了当足球裁判的资格。当他们流亡到古比雪夫的时候，他组织了排球比赛，担任裁判。他会用不知何时学会的英语短语，庄严宣告："现在是排球比赛时间。"然后再用俄语补充一句体育评论员喜欢说的话："无论天气如何，比赛都要开始。"

加莉娅和马克西姆很少受罚。如果他们淘气或说谎，他们的父母立刻就会极度焦虑。妮塔会皱起眉头，责备地看着孩子们；他会来回踱步，一支接一支抽烟。这种无声的痛苦，对孩子们来说，常常就足以成为惩罚。再说了，整个国家就是一个惩罚的牢房：为什么还要让孩子们这么早就看见他们一辈子会看够了的东西？

尽管如此，还是会偶尔出现极其淘气的情况。一次，马克西姆捏造了一起自行车事故，假装受了伤，也许甚至失去了知觉，只是为了在看到父母心慌意乱时，一下子跳起来大笑。在这种情况下，他会这样跟马克西姆说（因为通常总是马克西姆淘气）：“请到书房来见我。我要跟你严肃地谈一下。”即使这样的话，都会给男孩带来某种痛苦。在书房里，他会让马克西姆写下自己的所作所为，发誓再也不那样做了，然后在这份宣誓书上署上姓名和日期。如果马克西姆再犯同样的错，他会把男孩叫到书房，从抽屉里拿出那份写好的宣誓书，让马克西姆大声读一遍。尽管男孩的羞耻经常让人感觉好像惩罚又回来拜访这位父亲了。

*

他在战争流亡期间，最美好的记忆都是这样的简单琐事：他和加莉娅逗一窝猪玩，想要抓住那团哼哼乱叫、长满硬毛的猪肉；或者是马克西姆那个著名的动作，模仿一个保加利亚警察系鞋带。他们在伊万诺沃[1]的一处老房子度过了夏天，第 69 号养殖农场成为作曲家们的临时机构。在那里，他在一张桌子上创作了《第八交响曲》，这张桌子实际上是一块钉在“前鸡舍”内墙上的木板。他能一直专心工作，无视周围的混乱和不适。这是他的救赎。其他人会被日常生活的声音分了心。普罗柯菲耶夫会恼怒地赶走马克西姆和加莉娅，仅仅因为他们出现在了他耳力能及的地方；但他本人，对这些噪音无动于衷。吵到他的只有狗叫：那些顽固不歇的、歇斯底里的叫声打断了他脑海里听见的音乐。这就是为什么他喜欢猫，而不是狗。猫总是高高兴兴让他创作。

那些不了解他的人，还有那些隔开一段距离听他音乐的人，也许会想象 1936 年的创伤已经过去了。他承认创作《姆钦斯克县的麦克白夫人》犯下了大错，而权力及时纠正了他。悔恨中，他为那些公道的批评创作了一个苏联艺术家的创造性回答。然后，在伟大的卫国战争期间，他写出了《第七交响曲》，其中反法西斯主义的寓意在全世界回

1 伊万诺沃，俄罗斯西部城市，伊万诺沃州首府，历史上的俄罗斯纺织中心。

荡。就这样，他得到了宽恕。

但那些懂得信仰——因此也就是权力——如何运作的人，对他了解更深。这个罪人也许已平反昭雪，但这并不意味着罪恶本身从地球表面被抹去了；还差得远呢。如果这个国家最著名的作曲家都会犯错误，这错误该多致命，对其他人该多危险。所以，罪恶必须被命名、被重申，要永远警惕它的后果。换句话说，《混乱取代了音乐》成了学校课文，成了艺术学校音乐史课程的一个组成部分。

那个主犯也不许继续自行其是，无人看管。那些擅长教条式语言的，尽可能仔细地研究过《真理报》社论的措辞，会注意到其中跟电影配乐的隐含关联。斯大林很欣赏德米特里·德米特里耶维奇为“马克西姆三部曲”[1]所作的音乐；而众所周知，日丹诺夫每天早上都要为妻子弹奏《相逢之歌》。那些高层认为，德米特里·德米特里耶维奇·肖斯塔科维奇并非注定失败无能，他有能力——如果得当——写出清楚明白的、现实主义的音乐。艺术属于人民，就像领袖教导的；对苏联人民来说，电影比歌剧用处更大，价值更高。就这样，德米特里·德米特里耶维奇现

1 “马克西姆三部曲”，分别为《马克西姆的青年时代》《马克西姆归来》《革命摇篮维堡区》。

在接受了正确的指引，结果在 1940 年，他获得了劳动红旗，以专门表彰他在电影配乐方面的成就。如果他继续走在正确的道路上，事实会确凿地证明将有更多的荣耀在等着他。

在 1948 年 1 月 5 日——草草观看《姆钦斯克县的麦克白夫人》演出后的十二年，斯大林和他的随从又出现在了莫斯科大剧院，这一次，是来看瓦诺·穆拉杰利的《伟大的友谊》。作曲家是苏联音乐基金会的主席，为自己音乐的优美动听、拳拳爱国之心和社会主义现实主义特色而感到自豪。他这部歌剧专门为庆祝十月革命三十周年而创作，制作豪华，已经获得了两个月的巨大成功。其主题反映了内战期间党是如何在北高加索地区巩固政权的。

穆拉杰利是格鲁吉亚人，很了解它的历史；但不幸的是，斯大林也是格鲁吉亚人，更了解它的历史。穆拉杰利描绘了格鲁吉亚人和奥塞梯人对抗红军；但斯大林（不仅因为他有个奥塞梯族的母亲）知道 1918 至 1920 年期间真正发生了什么：格鲁吉亚人和奥塞梯人齐心协力帮助俄国的布尔什维克保卫革命。是车臣和英古什人的反革命行为在阻挠未来苏维埃人民缔结伟大的友谊。

穆拉杰利不仅犯了这种政治历史错误，也犯了同样粗劣的音乐错误。他在歌剧里加进了列津斯基舞[1]，他肯定知道，这是斯大林喜爱的舞蹈。但作曲家没有挑选道地的、为人熟知的列津斯基舞，以此赞美高加索人的民间传统，而是傲慢地选择用"列津斯基舞的风格"创造他自己的舞蹈。

五天后，日丹诺夫召集七十名作曲家和音乐理论家开会，讨论形式主义的持续腐蚀；几天后，中央委员会发布了官方判决《论穆拉杰利的歌剧〈伟大的友谊〉》。作曲家认识到，他的音乐根本不是他以为的那样旋律优美、充满爱国热情，其中最好的部分也是鸭叫和猪哼。他也被宣判为形式主义者，上了一道"混乱的、神经病理学的菜品"，以迎合"一小撮专家和美食家"。为了拯救自己的职业生涯（如果不是为了免受皮肉之苦），穆拉杰利做出他所能做出的最好解释：他被别人误导了。他受了骗上了当，尤其受到德米特里·德米特里耶维奇·肖斯塔科维奇（特别是他的《姆钦斯克县的麦克白夫人》）的影响，因此误入歧途，选择了一条错误的道路。

日丹诺夫再次提醒国内的作曲家，1936 年《真理报》

---

1 列津斯基舞，高加索地区一种民间舞蹈。

社论提出的批评依然有效：国家需要的是音乐，和谐优美的音乐，而不是混乱。罪魁祸首名叫肖斯塔科维奇、普罗柯菲耶夫、哈恰图良、米亚斯科夫斯基[1]和舍巴林。他们的音乐堪比马路冲击钻，是“音乐毒气室”制造出来的声音。日丹诺夫用的词是“图什古巴卡”，这是一种卡车的名字，法西斯曾开着它到处转，排出的废气闷死了车里那些受害者。

和平回来了，于是，世界又颠倒了过来；恐怖也回来了，带着疯狂。在作曲家协会召开的一次特别大会上，一个音乐理论家（他的罪行是曾经写了一本天真地奉承德米特里·德米特里耶维奇的著作）在绝望的平静中申诉说，至少他从未踏入过作曲家的公寓。他要求作曲家尤里·列维京来为他的声明作证。列维京“问心无愧”地证实，这位音乐理论家一次也没有呼吸过那位形式主义者住处被污染的空气。

---

1 尼古拉·米亚斯科夫斯基（1881—1950），苏联作曲家，被称为苏联交响乐之父，也是获得斯大林奖次数最多的苏联作曲家。他也是位音乐教育家，培养出了卡巴列夫斯基、哈恰图良、舍巴林等众多杰出的苏联音乐家。

在大会上，他的《第八交响曲》成了攻击目标，还有普罗柯菲耶夫的《第六交响曲》。这些交响乐的主题是战争；它们描绘战争是悲惨而可怕的。但它们的形式主义作曲家又懂什么：战争是光荣而壮丽的，必须得到赞美！相反，他们却沉浸在“不健康的个人主义”和“悲观主义”中。他拒绝参加大会。他病了。事实上，他想自杀。他向大会递交了无法参加的理由。但他的理由没有被接受。当然，大会将持续召开，直到大魔头德米特里·德米特里耶维奇·肖斯塔科维奇能来参加：如果必要，他们会派医生去给他检查身体，治好他。“没有人能逃避命运”——就这样，他去开会了。他被要求做一个公开检讨。当他努力站上讲台，心想该说什么时，一份演讲稿被塞到了他的手里。他不带感情地读了出来。他发誓将来要紧跟指示，为人民写出优美的音乐。在空洞的官方调调中，他放下讲稿停了下来，抬起头，环视会议厅，用无助的声音说：“我总是觉得，当我真诚地、带着真情实感写曲子时，我的音乐是不可能‘反对’人民的，因为毕竟……从某个微小的程度上来说，我本人也是人民的一员。”

他于崩溃中从大会回来。莫斯科和列宁格勒的音乐学院都解除了他的教授职务。他不知道最好的办法是不是缄口沉默。为了保持清醒，他反而决定去创作一系列前奏曲和赋格曲，就像他的榜样巴赫那样。自然，这些作品最初受到了责难：他被告知，它们违背了“周遭的现实”。他也忘不了那些话，那些过去几周从他嘴里吐出的话，有些是他自己的，有些是别人塞给他的。他不仅接受了对他作品的批评，还向批评喝彩。事实上，他否定了《姆钦斯克县的麦克白夫人》。他记得，他曾和一个作曲家朋友谈论过艺术的真诚和个人的真诚，以及我们每个人都分到了多少这种美德。

然后，耻辱的一年后，他和权力有了第二次对话。“雷劈来自上天，而非粪堆”，诗人这么说。1949 年 3 月 16 日，他跟妮塔，还有作曲家列维京在家里坐着，电话响了。他接起电话，一边听，一边皱眉，然后跟另外两个人说：

“斯大林要和我通电话。”

妮塔迅速跑到隔壁房间，拿起了分机。

“德米特里·德米特里耶维奇，”权力的声音开始说话，“你好吗？”

“谢谢，约瑟夫·维萨里奥诺维奇，一切都好。除了有点胃疼。”

“很遗憾听到你病了。我们会给你找个医生。”

“不，谢谢，我什么也不需要。我这里什么都有。”

“很好。”电话那边停顿了一下。然后，是浓重的格鲁吉亚腔，那个从上百万收音机和广播中听到过的声音问，他是否知道即将在纽约召开的世界和平文化与科学大会。他说他知道。

“你怎么想这件事？”

“我认为，约瑟夫·维萨里奥诺维奇，和平总比战争好。”

“很好。那你将荣幸地作为我们的代表之一参加大会。”

“不，我不能，我害怕。”

“你不能？”

“莫洛托夫同志问过我。我告诉他，我身体不太好，参加不了。”

“那么，就像我说过的，我们会派一个医生让你好起来。”

“不光那样。我晕机。我坐不了飞机。”

“这不是问题。医生会给你开药的。”

“您很体贴。”

“那么，你会去咯？”

他停顿了一下。他身上的某个部分意识到，最轻微的错误音节都会把他送到劳改营，但让他惊讶的是，身体的另一部分超越了恐惧。

“不，我真的不能去，约瑟夫·维萨里奥诺维奇。还有个原因。”

“是吗？”

“我没有燕尾服。我不能不穿燕尾服在公共场合演出。我恐怕买不起。”

“这不是我直接管的，德米特里·德米特里耶维奇，不过，我能肯定，中央委员会的行政部门会给你做一套让你满意的。”

“谢谢。不过，恐怕还有别的原因。”

“那告诉我是什么。”

是的，可以相信，斯大林有可能不知道。

“您看，事实就是，我现在处境很难。在另一边，在美国，我的音乐经常被演奏，然而在这里，不行。他们会问我这件事。那到时我该怎么解释呢？”

“你什么意思？德米特里·德米特里耶维奇，你的音乐没有被演奏吗？”

“它被禁止了。还有很多作曲家协会同事的音乐也是如此。”

“禁止？谁禁止的？”

“是国家曲目制定委员会。从去年2月14日开始。有一张很长的禁演作品清单。其结果，约瑟夫·维萨里奥诺维奇，您可想而知，音乐会经理不愿意将我的任何其他作品也列入节目单了。音乐家也害怕演奏它们。所以，事实上，我进了黑名单。我的同事们也是如此。”

“谁下的这样的命令？”

“一定是某位领导同志。”

“不，”那个权力的声音这样回答，“我们没有下过这样的命令。”

他让权力自己琢磨，它琢磨了。

“不，我们没有下过这个命令。这是个错误。这个错误会被纠正。你的任何一部作品都没有被禁止。它们都可以自由演出。情况一直是这样。官方必须谴责这件事情。”

几天后，他和其他作曲家都收到了一份禁令的原件复印件。上面订着一份材料，确认禁令是非法的，谴责国家曲目制定委员会颁发这样的禁令。在更正声明上，签着这样一些字："苏联部长会议主席，约·斯大林"。

于是，他去了纽约。

在他的理念中，粗鲁和暴虐是紧密相连的。这没逃过他的注意：列宁在口述他的政治遗嘱、考虑可能的接班人时，指出过斯大林的主要缺点是"粗鲁"。在他自己的世界里，他讨厌看见指挥被羡慕地描绘成"独裁者"。去粗鲁地对待一个已经尽力的管弦乐手是种耻辱。而这些暴君，这些拿着指挥棒的皇帝，却陶醉在这样的修辞中——仿佛一支管弦乐队只有被鞭挞、被嘲弄、被羞辱了，才能演奏好。

托斯卡尼尼最糟。他从未亲眼见过这位指挥家指挥；只是从唱片里了解他。但所有东西都是错的——拍子、情绪、细节……托斯卡尼尼把音乐剁成了碎末，然后在上面涂了一层恶心的沙司。这让他很愤怒。"大师"[1] 有一次寄给他一份他的《第七交响曲》的录音。他回了信，指出了这位著名指挥家的许多错误。他不知道托斯卡尼尼是否收到了信，如果收到了，又是否读懂了。可能他以为信里一定都是恭维话，因为不久，那光荣的消息就传到了莫斯科，

1 原文为意大利语，尤指杰出的音乐家。

他，德米特里·德米特里耶维奇·肖斯塔科维奇，被推选为托斯卡尼尼协会的名誉会员！很快，他开始收到唱片等礼物，都是由那位伟大的奴隶主指挥的。他当然从未听过它们，但把它们收在一起，作为未来的礼物。不是给朋友的，而是给某类熟人的，那些他事先知道会激动不已的人。

这不仅仅是自尊心的问题；也不仅仅是音乐的问题。这类指挥对乐队大吼大骂，场面难看，威胁要开除迟到的首席单簧管。乐队不得不咽下这口气，在背后说指挥的闲话——这些故事却让指挥看起来是个“真正的角色”。然后，他们开始相信这个拿着指挥棒的皇帝所相信的了：他们演奏得好，就是因为被鞭抽。他们凑成一堆受虐狂，除了偶尔对彼此吐出几句讽刺的话，本质上都崇拜他们的领袖，因为他高贵，充满理想主义，富有决断力，能比他们这些在谱架后弹拨和吹奏的人看得更广。大师很严厉，当然他必须得时不时地露出威严，是一位必须追随的伟大领袖。现在，谁还能否认乐队就是一个微观社会？

因此，每当这样的指挥对面前的乐谱感到不耐烦，想象出某个错误或缺点，他总是会做出礼貌的、礼节性的回应，这一招他早就练习完美。

因此他也想象了以下的对话：

权力："看，我们发动了革命！"

公民第二单簧管："是啊，革命很精彩。比以前有了很大的改进。这真的是个巨大的成就。但我只是不时有点疑惑……当然，我可能完全错了，但这真的绝对有必要吗？枪毙所有工程师、将军、科学家和音乐家？把上百万人送进劳改营，让他们像奴隶一样工作到死，让每个人都心生恐惧，以革命的名义被逼虚伪忏悔？创造出这样一个系统，哪怕只是大概样子，都有成百上千的人每天晚上等着被拉下床，带到'大房子'或卢比扬卡[1]，被拷打，在彻底捏造的罪状上签上自己的大名，然后脑袋后吃一枪子儿？你知道，我只是感到疑惑。"

权力："是的，是的，我明白你的看法。我肯定你是对的。但我们这会儿先不管它。下次我们改过来。"

有几年，他总是作同样的新年致辞。因为这个国家的其他三百六十四天，每天都不得不聆听权力的疯狂调子，坚持说一切都是为了追求最美好的可能世界里的最美好的

1 指在卢比扬卡广场的克格勃总部和监狱。

事物，天堂已经被创造出来，或者马上就要被创造出来了，只需要多砍掉一些树木，多飞溅几百万片木片，多枪毙几十万个破坏者。更幸福的时代就要到来——除非他们已经拥有。在第三百六十五天，他会举起杯子，用最庄严的声音说："让我们干杯——祝一切好得不能再好了！"

毫无疑问，俄罗斯以前就了解了暴君；这就是为什么讽刺在这里如此发育良好。"俄罗斯是大象的祖国"，就像谚语所说。俄罗斯发明了一切，都是因为……对，首先因为它是俄罗斯，妄想即正常的地方；其次因为它现在是"苏俄"，历史上最先进的国家，任何事物在这里首创都是自然的。所以，当福特汽车公司放弃了它的福特 A 型车时，苏联当局买来了整个制造厂：货真价实的、苏联设计的二十辆公共汽车或轻型卡车出现在了地球上！拖拉机工厂也是如此：一条美国生产线，从美国进口，由美国专家组装，突然就生产出了苏联拖拉机。又或者，你复制了一台莱卡照相机，然后就焕然一新成了 FED 牌照相机，得名于费利克斯·捷尔任斯基[1]，因此就更是苏联的了。谁说奇迹时代已经过去了？所

1 费利克斯·捷尔任斯基（1877—1926），俄国革命家、政治家，FED 取自他名字首字母大写（Felix Edmundovich Dzerzhinsky）。

有这一切都是用语言制造出来的，这种转变力量才是真正革命性的。比如说，法式面包。过去所有人都是这样叫的，也被这样叫了很多年。然后有一天，法式面包在商店里消失了。取而代之的，是“城市面包”——当然跟原来的面包一模一样，但如今是苏联城市的爱国产品了。

*

当说真话变得不再可能——因为这会导致立刻死亡——它不得不披上了伪装。在犹太人的民族音乐里，绝望被伪装成舞蹈。因此，真话的伪装是讽刺。因为暴君的耳朵很少在这个频道上。上一代人——那些创造了革命成功的老布尔什维克——不明白这一点，可能部分正因为此，大部分人灭亡了。他这代人本能就会。就这样，在他同意去纽约的第二天，他写了下面这封信：

亲爱的约瑟夫·维萨里奥诺维奇，

首先，关于昨天的交谈，请接受我衷心的感谢。即将来临的美国之旅让我十分焦虑，您大大宽了我的心。您给了我自信，让我感到的只有自豪；我将履行我的责任。代表伟大的苏联人民发声，保卫和平，是我莫大的荣幸。我虽身染微恙，但这不会阻碍我完成交付给我的使命。

当他签发信件时，他怀疑伟大领袖是否会亲自阅读。也许里面的内容会转达给他，然后信就消失在某个档案库的文件堆里。它可能会在那里待上几十年，也许几百年，可能两千亿年；然后某个人可能会读到，会好奇他究竟想说什么，如果他有任何想说的话。

在一个理想的世界里，年轻人不该是冷嘲者。在那个年纪，冷嘲会有碍成长，影响想象力。最好是在欣悦开放的思想状态下开始人生，信任别人，为人乐观，对人对事坦诚相待。然后，对人对事有了更深的理解后，可以培养一种讽刺感。人类生活的自然进程就是从乐观到悲观；讽刺感有助于调和悲观，产生平衡与和谐。

但这不是一个理想的世界，所以讽刺以各种突然而奇怪的方式生长出来。一夜之间，就像蘑菇；灾难性的，如同癌症。

对它的使用者来说，挖苦是危险的，它就是颠覆者和破坏者的语言。不过，反讽——也许有时，他希望如此——能让你保护你看重的东西，即便时间的噪音响得震碎了玻璃。他看重什么？音乐，他的家庭，爱。爱，他的家庭，音乐。重要性的顺序易于改变。反讽能保护他的音乐吗？到目前为止，音乐仍是一种秘密的语言，让你可以夹带私货，从错误的耳朵那里过关。但它不能只作为密码存在：有时候你很想一吐为快。反讽能保护他的孩子吗？在学校里，十岁的马克西姆在一次音乐考试中，被迫公开贬低他的父亲。在这样的情况下，反讽对加莉娅和马克西姆有什么用呢？

而对爱来说——不是他本人的尴尬的、结巴的、恼人的表达，而是一般意义上的爱：他一直相信，那样的爱，作为一种自然的力量，是不可摧毁的；当它受到威胁，它能被反讽的襁褓包裹，覆盖，保护。现在他不再那么相信了。暴虐认为个人之爱是布尔乔亚的、只顾自己的，让人从那种宏伟、高尚、无目的且不假思索的“爱”里分了心。在这个时代，人们总是不能完全成为自己。如果你做得到位，他们就会变成别的，某些削减缩小的东西：仅仅就是生存技巧。因此，他体会到的不只是焦虑，而常常是一种残忍的恐惧：害怕爱的末日来临了。

你砍树，碎屑就飞溅：这是建设者喜欢说的话。但要是你放下斧子，发现整个伐木场砍得只剩下碎屑了呢？

在战争中期，他为《英诗六首》[1]谱了曲，这部作品也是国家曲目制定委员会禁止的曲目之一，然后又被斯大林解禁了。第五首是莎士比亚的第66首十四行诗："对所有这些都厌倦了，渴求让人平静的死亡……"像所有俄国人一样，他热爱莎士比亚，因为帕斯捷尔纳克的翻译而熟知他的作品。当帕斯捷尔纳克公开朗诵第66首十四行诗时，听众们热切地等过前八行，盼着第九句：

艺术被权威绑住了舌头

这时，所有人会加入进来——有的低声咕哝，有的窃窃私语，胆子最大的会喊出最强音，但他们都揭穿了这行诗的谎言，都拒绝被绑住舌头。

是的，他爱莎士比亚；在战前，他为一出《哈姆雷特》舞台剧写过音乐。谁会怀疑莎士比亚对人类灵魂和人

1 肖斯塔科维奇的第62号作品，是根据莎士比亚和彭斯等六位英国诗人的诗歌谱写的浪漫曲。

类情境的深刻理解呢？描绘人类幻觉的粉碎，还有比《李尔王》更伟大的作品吗？不，这还不够确切：不是粉碎，因为那暗示只是一次性的严重危机。事实上，人类幻觉的常见情形，是它们破碎了，萎谢了。这是一个漫长而乏味的过程，就像牙疼深抵灵魂。你可以拔掉牙齿，疼痛消失。可是，幻觉即使死了，还会继续在我们体内腐烂发臭。我们无法逃脱它们的味道和气息。我们总是随身携带。他便如此。

怎么可能不爱莎士比亚呢？毕竟，莎士比亚热爱音乐。他的戏剧充满了音乐，即使是悲剧。那一刻，李尔王从疯狂中醒来，听到的是音乐……而在《威尼斯商人》中，莎士比亚说，一个不喜欢音乐的人，不值得信任；这样的人不吝行事卑鄙，甚至敢于谋杀和叛国。因此，暴君们当然都憎恨音乐，不管他们怎么想方设法做出喜欢的样子。尽管他们更憎恨的是诗歌。他希望列宁格勒诗人朗诵会时他曾在场，阿赫玛托娃登上舞台，所有观众本能地站起来为她喝彩。这动作令斯大林怒气冲冲地质问："谁组织人们站起来的？"但是，比诗歌更甚，暴君们憎恨、害怕戏院。莎士比亚，举起了人性的镜子，谁受得了看到自己的身影？因此，《哈姆雷特》被禁演了很长时间；斯大林厌恶这部戏，跟厌恶《麦克白》一样多。

不过，尽管如此，尽管莎士比亚对暴君的描绘——他们站在齐膝深的鲜血里——无人匹敌，他还是有些天真。因为他的魔鬼还有疑惑，有噩梦，有良心的折磨，有愧疚。他们看见他们杀死的人的魂灵，在他们眼前浮现。但在真实的生活中，在真实的恐怖之下，有什么愧疚？有什么噩梦？这都是多愁善感，是虚假的乐观主义，是奢望世界会成为我们想让它成为的样子，而不是它本来的模样。那些砍伐树木让木屑飞溅的人，那些在“大房子”的办公桌后抽别洛莫尔的人，那些签署命令和拨打电话的人，合上档案便是结束了一条人命：他们怎么可能做噩梦，又何曾看见那些死者的魂灵浮现出来斥责他们。

伊利夫和彼得罗夫这样写道：“热爱苏联还不够。它还得爱你。”他本人从来没被爱过。他来自错误的家庭：那座可疑城市的自由主义知识分子家庭。对苏联来说，纯粹性很重要。而且，他有虚荣心，或者说是愚蠢，注意到并记住了政府昨天说过的话常常和今天说的自相矛盾。他想孑然独处，只和音乐、家庭和朋友在一起：这是最简单的欲望，然而完全无法实现。他们想建设他和其他所有人。

他们想让他就像白海运河的奴隶劳改犯那样改造自己。他们需要“一个乐观的肖斯塔科维奇”。即使这世界的鲜血和泥浆已经漫及脖子，还是期待你的脸上保持微笑。但艺术家的本性是悲观的、神经质的。因此，他们不想让你成为一个艺术家。但他们已经有了那么多不是艺术家的艺术家！正如契诃夫所说：“如果他们供应咖啡，别指望里面会有啤酒。”

还有，他没有所需的政治技能：他缺乏舔橡胶靴子的品味；不知道什么时候该去谋害无辜者，什么时候该出卖朋友。做这样的事，你需要郝连尼科夫那样的人。季洪·尼古拉耶维奇·郝连尼科夫：一位有着禄虫灵魂的作曲家。郝连尼科夫的音乐才能平庸，但涉及权力，程度完美。他们说他是斯大林钦定的，斯大林对这样的任命很有天赋。“一个渔夫大老远就认出另一个渔夫，”就像谚语说的。

这么说很恰当：郝连尼科夫来自一个马贩子家庭。他觉得，从那些长着驴耳朵的人那里接受命令并按说明作曲很自然。从 30 年代中期开始，他就一直在攻击那些比他更有天赋和创意的人，但当斯大林 1948 年把他安置到作曲家协会当第一书记时，他的权力官方化了。他领导了对形式主义者和无根的世界主义者的批判，使用了所有那些能让耳朵出血的术语。专业被毁掉了，工作被压制了，家庭被破坏了……

但你不得不钦佩他对权力的理解能力；这一点，没有第二个人可以相比。商店里曾张贴海报，告诉人民应该怎样行为：顾客店员，以礼相待。但店员总是比顾客更重要：顾客那么多，店员只有一个。同样，有那么多作曲家，但只有一个第一书记。对他的同事，郝连尼科夫表现得像个从来没看过那张海报的店员。他让小小的权力绝对化了：他们要这一样，他不给，给他们的是另一样。就像所有成功的禄虫一样，他永远不会忘记真正的权力在哪里。

德米特里·德米特里耶维奇以前有一个职务是在音乐学院当教授，曾帮着组织学生进行考试。他和主考官坐在一条巨大的横幅下，上面写着：艺术属于人民。因为他自己对政治理论的理解不是很深厚，所以大部分时间都保持沉默，直到有一天上级批评他没有参与感。于是，当下一个学生走进来，主考官朝着他这位下级同事严厉地点头时，他只好问她一个他能想出来的最简单的问题。

“告诉我，艺术属于谁？”

学生太慌了，没领会他的暗示，尽管他歪着脑袋、眼珠子往上翻，她还是没能找到答案所在的位置。

在他看来，她表现不错，后来，当他偶尔在音乐学院的走廊或楼梯上看见她时，会努力给她一个鼓励的微笑。尽管，鉴于她没能领会那个如此明显的暗示，她也许会以为，他的微笑，就像他怪异的翻白眼和晃脑袋，是这位著名作曲家无法控制的脸部抽搐。然而，每次和她擦肩而过时，那个问题就会在他脑海里回响："告诉我，艺术属于谁？"

艺术属于所有人，也不属于任何人。艺术属于所有时代，也不属于任何时代。艺术属于那些创造它的人，也属于那些享受它的人。艺术是历史的低语，能在时间的噪音之上被听闻。艺术不是为了艺术而生：它是为了人民而生。但，是哪种人民？谁来定义？他总是认为自己的艺术是反贵族的。他是不是，如他的批评者坚持认为的，在为全世界的资产阶级精英创作？不是。他是不是，如他的批评者希望他做到的那样，在为顿巴斯的矿工们创作，他们疲惫地下班，需要一杯抚慰提神的酒？也不是。他为每个人创作，他又不为任何人创作。他为那些能欣赏他音乐的人创作，不管他们是什么社会出身。他为那些耳朵能听见的人创作。因此，他知道，所有对艺术的真正定义都是间接的，而所有不真实的定义都会将艺术归结为某种特定功能。

一个工地上的起重机操作员写了一首歌，寄给他。他回复："你有一个这么好的工作。你在造房子，这是大家迫切需要的。我的建议是，继续干你那份有益的工作吧。"他这样写，不是因为他认为一个起重机操作员无法写出一首歌，而是因为这位特别的准作曲家显示出的天赋，就跟他本人被放进起重机驾驶舱，被教导如何操纵吊臂，所显示出来的才能一样。而他希望，如果，在旧时代，有个贵族寄给他一份价值差不多的作品，他会有勇气这样回答："阁下，您是如此高贵而威严，一方面，有责任保持贵族的尊严；另一方面，有责任为那些在您的领地上辛勤工作的人们谋福祉。我对您的建议是，继续干您那份有益的工作吧。"

斯大林热爱贝多芬。这是斯大林说的，许多音乐家也复述过。斯大林热爱贝多芬，因为他是个真正的革命者，因为他像高山一样崇高。斯大林热爱所有崇高的事物，这就是他热爱贝多芬的原因。当人们告诉他这件事时，他的耳朵都吐了。

不过，斯大林喜欢贝多芬，产生了符合逻辑的后果。那个德国人毫无疑问生活在资产阶级的资本主义时代；所以他与无产阶级的同心同德，他希望看见他们摆脱劳役束缚的渴望，不可避免地迸发出一种前革命的政治意识。他是一位先驱。而如今，长久被渴求的革命发生了，地球上最先进的社会被建设出来了，而乌托邦、伊甸园、应许之地也被合为一个了，那么，符合逻辑的结果理所当然地出现了：红色贝多芬。

无论这个荒唐的念头来自哪里——可能跟很多其他事物一样，完全是伟大领袖一拍脑袋想出来的，这个概念一旦说出，就需要有自己的具体化身。红色贝多芬在哪里？因为希律王想要找到圣婴耶稣，于是发生了一场举世无双的全国性搜索。不错，如果俄国是大象们的祖国，为什么它不会也是红色贝多芬的故乡呢？

斯大林向他们保证，他们都是国家机器上的螺丝钉。但红色贝多芬是个巨大的齿轮，很难躲藏。这事情不证自明，他必须是一个纯粹的无产阶级，是一个党员。这些条件让德米特里·德米特里耶维奇·肖斯塔科维奇被幸运地排除在外了。过了一段时间，他们指定是亚历山大·达维坚科，他曾是无产阶级音乐家协会的领导之一。他的歌曲《他们想要打败我们，打败我们》，是为庆祝红军1929年在中国取得的辉煌胜利[1]而创作的，比《相逢之歌》更流行。由领唱、合唱团、钢琴师、小提琴手、弦乐四重奏共同演出，它振奋和鼓舞了这片土地整整十年。某种程度上，它似乎有可能要取代所有其他能听到的音乐。

达维坚科的履历毫无瑕疵。他曾在莫斯科孤儿院教课；曾在制鞋工人协会、纺织工人协会，甚至塞瓦斯托波尔[2]的黑海舰队指导过文艺活动。他写过一部关于1905年革命的真正的无产阶级歌剧。还有，还有……尽管有这些资历，他仍然是《他们想要打败我们，打败我们》的曲作者。当然，这是首旋律优美的作品，完全没有形式主义倾向。但不知为何，达维坚科没能在如此伟大的成功上有所建树，赢得斯大林一直想授予他的头衔。这也可能是他的好运。一旦被加冕为红色贝多芬，最终命运可能就跟红色拿破仑

---

1 指1929年的中东路事件，中国为收回苏联在中国东北铁路的特权与苏方展开了激烈的战斗，最终战败。

2 塞瓦斯托波尔，克里米亚半岛著名港口城市，黑海舰队司令部所在地。

一样。或者像鲍里斯·科尔尼洛夫那样，他是《相逢之歌》的词作者。所有被他放进《相逢之歌》的大受欢迎的歌词，所有那些吟唱出这些歌词的嗓子，都没能拯救他，他在1937年被捕，在1938年被“清洗”，他们喜欢这样说。

搜寻红色贝多芬可能是场喜剧；只是，围绕在斯大林身边的事物没有一样是喜剧。伟大领袖可以轻易地决定，红色贝多芬没有出现，跟苏联音乐生活的组织没有任何关系，完全是因为那些颠覆者和破坏者的行为。那么，谁可能想在寻找红色贝多芬行动中暗中使坏？对，当然是形式主义音乐家！只要给内务人民委员部足够的时间，他们肯定能揭露音乐家们的阴谋。这可不是玩笑。

*

伊利夫和彼得罗夫报道过，美国没有政治犯，只有刑事犯；阿尔·卡彭[1]在恶魔岛的单人囚室时，给赫斯特出版集团写过反苏的文章。他们还指出，美国人有着“原始的厨艺和原始机械的感官追求”。他无法判断后者是什么样，虽然在音乐会幕间休息时，他和一个女人发生了一段奇怪

1 阿尔·卡彭（1899—1947），美国黑帮教父。

的小插曲。当时，他待在一块绳子圈起来的地方，听到一个女人的声音在执着地叫着他的名字。他以为她想和他讨论他的音乐，就表示她可以进来。她站在了他面前，带着明亮而坦诚的友好说，

“你好，你很像我的侄子。”

这听上去像是间谍们的接头暗号，让他有所警惕。他问，这位侄子是否碰巧是俄国人？

“不，”她回答，“他是个百分之百的美国人。不，百分之一百一。”

他等着她说起他的音乐，或者那场他们都出席的音乐会，但是她已经表达完了，带着另一个明亮而坦诚的微笑，她离开了。他很困惑。那么，他看上去像另一个人。或者，另一个别人看上去像他。这什么意思，或它有意思吗？

当他同意来参加世界和平文化与科学大会时，他知道，他别无选择。他也怀疑他可能只是一个陈列的傀儡，一个苏联价值观的代表。他曾经以为，一些美国人会比较热情，另一些会怀有敌意。有人告知他，大会之后，他会到纽约之外去旅行，参加纽瓦克和巴尔的摩的和平集会；他还会在耶鲁和哈佛演讲和演奏。其中一部

分邀请在降落拉瓜迪亚机场之前就已经被取消了，这他一点都不惊讶；当美国国务院提前遣返他们时，他也不觉得失望。所有这些都在意料之中。但他没有预料到的是，对他本人来说，纽约成了最耻辱、最充满道德羞愧的地方。

前一年，一个在苏联领事馆工作的年轻女子，从一扇窗户跳了出去，要求政治庇护。因此，在大会期间，有个人每天在华尔道夫-阿斯托里亚酒店外面走来走去，举着一块牌子，上面写着“肖斯塔科维奇！从窗户跳出去！”。有人提议说，在苏联代表团居住的大楼周围支起一张网，这样，只要他们愿意，就可以跳出来，投奔自由。到大会结束时，他知道了那份诱惑——但只要他跳出来，他敢肯定，不会有任何网兜住他。

不，不是这样；这不诚实。他不会对着人行道跳，理由很简单，他不想跳。这些年来，他多少次威胁要自杀？不计其数。但有多少次他真的尝试了？一次也没有。这并不是说他不当真。在那一刻，他是真的想自杀，如果说可以真的想自杀，而不用转化成行为本身。有一两次，他甚至带着买好的药片去工作，但从来没打算保密——因此，在几个小时的眼泪汪汪的争论后，药片被没收了。他用自杀威胁过他母亲，威胁过塔尼娅，然后是妮塔。都很真诚，也都很孩子气。

塔尼娅对他的威胁一笑了之，他妈妈和妮塔却很当真。当他在作曲家协会受尽屈辱后回到家，是妮塔开解了他。不过，拯救他的不仅仅是她的精神力量；也在于他这方面，他真正明白了他在做的是什么。这次，他没有用自杀威胁塔尼娅，或者妮塔，或者他妈妈；他威胁了权力。他对作曲家协会说，对那些削尖爪子抓挠他灵魂的猫儿们说，对季洪·尼古拉耶维奇·郝连尼科夫说，对斯大林本人说：看，你们让我沦为什么了，很快，你们手上，良心上，就将是我的死亡。但他明白，这是一个空洞的威胁，权力都不需要做出明确的回应。它可能会这样说：好，动手吧，然后我们会把你的故事告诉全世界。这个故事说的是，你如何牵涉图哈切夫斯基的谋杀阴谋，这几十年来你如何策划破坏苏联音乐，如何腐化年轻作曲家，试图在苏联恢复资本主义，在一个马上就要大白天下的音乐家阴谋中挑头主事。这一切都会在你的绝命书里写得明明白白。这就是为什么他不能自杀：因为他们会偷走他的故事重新写过。他必须掌握自己的人生故事，哪怕只是以自己无望而歇斯底里的方式。

激起他道德羞愧的人名叫纳博科夫。尼古拉斯·纳博科夫[1]。他多少算个作曲家吧。1930 年代离开俄国，在美国安了家。马基雅维利[2]说过，永远不要相信一个流亡者。这个人很可能为中央情报局工作。就好像这样让事情好看一些似的。

在华尔道夫–阿斯托里亚酒店的第一次公开会面时，纳博科夫坐在前排，正对着他，近得差点碰到彼此的膝盖。这个俄国人穿着一件裁剪入时的美式花呢夹克，头发油光光的，友好中带着傲慢，说，他们所在的会客厅叫派罗奎特屋。他解释说，派罗奎特的意思是鹦鹉。他把这个词翻译成了俄语。他得意地假笑着，好像所有人都很明白其中的讽刺。因为他把自己安排在前排就座，这份自在暗示了

1 尼古拉斯·纳博科夫（1903—1978），俄裔作曲家，1939 年成为美国公民，是作家弗拉基米尔·纳博科夫的堂弟。

2 尼科罗·马基雅维利（1469—1527），意大利文艺复兴时期的政治家、历史学家、哲学家，现代政治思想的奠基人，代表作《君主论》。

实际上是美国当局在付他钱。德米特里·德米特里耶维奇已经很焦虑了，这让他更不安。他要点烟，却折断了火柴；或者，因为分神，烟灭了。这个穿花呢衣服的流亡者总是拿出一个打火机，在他鼻子底下娴熟地按动着，好像在说，从窗子里跳出来吧，你就能得到一个跟我的一样的精致闪亮的打火机了。

任何有一点点政治认识的人都知道，他发表的演说不是他写的：包括星期五的简短演说和星期六的长篇大论。讲稿只是提前给了他，指示他为演讲做准备。自然，他没做准备。如果他们来指责他，他会指出，他只是个作曲家，不是个演说家。他快速、单调而含糊地念完了星期五的演说，强化了这个事实：他对讲稿真的不是很熟悉。有标点符号的地方，他都直接往下念，好像它们不存在一样，停顿不是为了效果也不是为了反应。这和我绝对没关系，他的方式如此坚持道。而当翻译员读英文版本时，他无视尼古拉斯·纳博科夫先生的凝视，也没点烟，怕它熄灭。

第二天的演讲不一样了。他感觉到它在手上的长度和重量，所以，他没有提前警告那些关心他幸福的人，只读了第一页，就坐了下来，把全文留给了翻译。在英语版本被读出来时，他跟着看俄语版本，好奇地发现“自己”对音乐、和平的老一套看法，还谈到了针对音乐与和平的危险。他一开始就攻击了敌视和平共处的人，还有一伙军人和煽动仇恨的人的好战行为，这些人想挑起第三次世界大战。他尤其谴责了美国政府在离家万里的地方建造军事基地，谴责它对国际义务和条约的挑衅和践踏，谴责它研发新型大规模杀伤性武器。这个相当无礼的举动，迎来了一阵雷鸣般的掌声。

然后，他用恩赐的态度向美国人解释，在这个地球上，苏联音乐体系如何比其他所有的都高级。这个体系有许多乐团、军乐队、民间团体、合唱团，证明了在促进社会发展发面，音乐发挥了积极作用。所以，譬如说，苏联中亚和远东地区的人民在近些年都摆脱了沙皇专制下的文化殖民的最后残留。音乐发展的范围和水平史无前例，乌兹别克人和塔吉克人，还有苏联其他边远地区的人民，都从中获益。在演说的过渡段落，他特别抨击了汉森·鲍德温先生，那个《纽约时报》的军事编辑，他在最近的一篇文章中，对苏联中亚地区的人口进行了轻蔑的报道，这些内容他当然没有读过，也没有听说过。

如此大的进步，他继续说，必然会使人民、党和苏联作曲家之间更为亲密，更增了解。如果作曲家必须引导人民，鼓舞人民，那么人民，在党的领导下，也必须引导和鼓舞作曲家。存在着一种积极的、建设性的批评精神，这样，如果一个作曲家不小心陷入了狭隘的主观主义和内省的个人主义、形式主义或世界主义；如果——简而言之——他脱离了人民，他就会受到警告。他本人并非没有在这方面犯过错误，他曾经背离了一个苏联作曲家的正确道路，没有去反映重大题材和时代面貌。他曾经丧失了和人民群众的联系，只想取悦于一个狭隘的矫揉造作的音乐家阶层。但人民不会对这样的迷失漠不关心，因此他受到了公开的批评，它们将他带回了正确的道路。他对这样的错误已经道过歉，现在他要再次道歉。他将争取在未来做得更好。

如此老套乏味，至少他希望在美国人听来是如此。他必须要悔罪，尽管是在他乡。但然后，他的目光跳过几行讲稿，惊呆了。他看到这个世纪最伟大的作曲家的名字出现在文章中，一个美国口音正念到它。首先，是对所有这类音乐家的泛泛谴责，他们相信为艺术而艺术，而不是为人民而艺术，这一态度导致了众所周知的音乐的堕落。他听见“自己”说，这种堕落最明显的例子，就是伊戈尔·斯特拉文斯基的作品。他加入了反动的现代音乐家门派，背叛了自己的祖国，切断了与人民的联系。在流亡中，这位作曲家表现出道德的荒芜，这一点在他的虚无主义创作中尽显无遗，其中，他抛弃了人民，称他们是“从不在我考虑范围之内的一个量词”，并公开吹嘘“我的音乐从不表达任何现实”。他如此确认了他的创作毫无意义，缺乏内容。

被认为此语出自他之手的作者，一动不动地坐在那里，毫无反应，而他的内心翻山倒海，羞耻和自蔑如潮汹涌。为什么他之前没有去看这些接下来的内容？他或许能改变它，加入一些修正——哪怕只添加在他会诵读的俄语版本中。他愚蠢地认为，他对自己演说的公然冷漠，会显示出一种道德上的中立。太傻太天真。震惊中他几乎都不能集中精神，而美国声音已转向普罗柯菲耶夫。谢尔盖·谢尔盖耶维奇最近也偏离了党的路线，要是他不能留心中央委员会的指示，将会故态复萌，再次跌入形式主义的危险深渊。不过，只有斯特拉文斯基无药可救，普罗柯菲耶夫还有救，只要他能警醒过来，追随正确的道路，他依然会在创作上取得巨大的成功。

他做了总结，对世界和平的热望与对音乐的无知偏执结合在一起，当然他再次赢得了热烈的掌声。这实际上是苏维埃的喝彩。观众席提了一些无伤大雅的问题，他在翻译以及一个忽然出现在他身旁的友善顾问的帮助下与他们对谈。然后他看见一件花呢夹克站了起来。这次不是在前排，而是在观众可以看见和听见接下来的讯问的地方。

尼古拉斯·纳博科夫先生用一种温和的攻击方式，表示他非常理解作曲家是以官方立场出现在这里的，他演说里所表达的观点是斯大林政府的传声筒。但他希望能把他当成一个作曲家，而不是一个传声筒，向他提出一些问题，也就是说，就像一个作曲家对话另一个作曲家。

“你是否赞同苏联媒体和苏联政府每天对西方音乐的大量粗暴的谴责？”

他感到顾问在对他耳语，但他不需要他。他知道怎样去回答，因为别无选择。他已经被带着穿过了迷宫，来到了最后的房间，这里没有食物作为奖赏，只有他爪子底下的陷阱活门。因此他用一种单调的咕哝，回答道：

“是的，我个人赞同这些看法。”

“你个人赞同在苏联音乐厅禁止西方音乐？”

这给了一点腾挪的空间，他回答道：

“如果音乐不错，可以演奏。”

“你个人是否同意在苏联音乐厅禁演亨德米特、勋伯格和斯特拉文斯基的作品？”

此刻他感到汗从耳朵后面流了下来。在他和翻译商量的那一瞬间，他脑子里掠过元帅抓起钢笔的情景。

“是的，我个人赞成这些行动。”

“你个人是否赞同你今天在演讲中表达的对你自己音乐的看法，以及对斯特拉文斯基音乐的看法？”

“是的，我个人赞同这些观点。”

“你个人是否赞同，日丹诺夫部长对你和其他作曲家的音乐所表达的看法？”

日丹诺夫，那个从1936年起就在迫害他的人，那个禁止他的音乐，嘲弄他、威胁他的人，那个将他的音乐比作钻路机和移动毒气室的人。

“是的，我个人赞同日丹诺夫主席表达的那些观点。”

“谢谢。”纳博科夫说，四顾会堂，仿佛在等待掌声，“现在一切都很清楚了。”

关于日丹诺夫，在莫斯科和列宁格勒有一个被反复提起的故事：音乐课的故事。这是果戈理会赞同的故事，甚至，是他会写下的故事。1948年中央委员会的决议之后，日丹诺夫指示这个国家的优秀作曲家在他的部门开会。在故事的某些版本里，出现的人物只有他和普罗柯菲耶夫。在其他版本里，则是一大群罪人和恶棍。他们被带到一个大房间；平台上立着一张讲台，旁边是架钢琴。没有茶点：没有能驱走恐惧的伏特加，没有能抚慰肚子的三明治。他们等了一会儿。然后日丹诺夫在两个下属陪同下出现了。他走到讲台上，俯视着苏联音乐的破坏者。他又一次训斥了他们的邪恶、妄想和虚荣。表示如果他们不想办法补救，他们那些自作聪明的花招，下场会很惨。然后，就在他让作曲家往自己头上扣屎盆子时，他上演了一场“剧情大逆转”。他走到钢琴边，给他们上了一堂大师课。他毫无章法地重击着，让琴键发出鸭叫和猪哼——这就是颓废的形式主义音乐。接着，他演奏了一段伤感的新浪漫主义音乐，在电影中，这样的音乐会伴随着一位开始有些傲慢的姑娘最终认识到了真爱——这就是优雅的现实主义音乐，是人民渴望的，也是党要求的。他站起身，嘲弄地半鞠了一躬，手背一挥，让他们离开。这个国家的作曲家鱼贯而出，一些人发誓要做得更好，另一些人羞愧得上吊了。

这当然从未发生过。日丹诺夫一直在训斥他们，直到他们耳朵都听出了血，但他太聪明，不可能让他肥胖的手指那样亵渎琴键。即使如此，通过每一次复述，直到有些据称在场的人确认说，是的，就是那样，这个故事获得了可信性。他心里也部分希望和权力的这一对话真的发生过，对话中，权力傲慢地选择了对手的武器。然而，这一逸闻迅速添加进此时流播的可信神话的曲库中。重要的就不再是一个特别的故事到底符不符合事实，而是它预示着什么。尽管情况也是，故事越传越真。

他和普罗柯菲耶夫一起受到了攻击，一起被羞辱，一起遭禁，一起解禁。但在他看来，谢尔盖·谢尔盖耶维奇永远不会真的明白发生了什么。无论在生活中，还是在音乐中，他都不是一个懦夫；但他将所有事情，甚至包括日丹诺夫疯狂而残忍地攻击整个知识界，都看作个人困境，对此，某处存在着一个解决办法。这边是音乐，是他个人的特殊天分；那边是权力、官僚和政治化的音乐理论。只是一个如何平衡的问题，做到了就可以让他继续做自己，继续写自己的音乐。或者，这么说吧：普罗柯菲耶夫完全没能看到眼下发生的一切中的悲剧部分。

*

纽约之旅的另一个好处是：他的燕尾服大为成功，很合身。

飞机将在雷克雅未克降落时，他心想该不该叫来空姐，要一个安非他命吸入器。但现在，有没有都没什么差别了。

他猜想，这可能是纳博科夫同情他的困境，以一种煞费苦心的方式，向其他代表解释他的真性情被隐藏在了公共面具之下。但如果是这样，他要么是收了钱的傀儡，要么是政治白痴。为了揭露在斯大林政权的光芒下没有个人自由，这人很乐意去牺牲另一个人的生命。因为那正是他在做的事情：如果你不想“从窗户里跳出去”，那为什么不将脑袋伸进我为你编好的绞索里？为什么不把真相说出来，然后去死？

华尔道夫·阿斯托里亚酒店外面，一个示威者拿着一块标语牌，上面写着肖斯塔科维奇——我们懂的！但他们懂什么呢，即使像纳博科夫那样曾在苏联政权下生活过一小段时间的人。他们会自鸣得意地回到他们舒适的美国公寓，很高兴自己一整天都为了善、自由和世界和平而奋斗。他们没有知识，没有想象力，这些华丽的西方人道主义者。他们三五成群，热情地来到俄国，带着宾馆、午餐和晚餐的折扣券，每个人都经过了苏联政府的核准，每个人都热衷于看见“真实的俄国人”，热衷于发现“他们真实的感受”和“他们真正的信仰”。而他们最不会被告知的就是这些，因为你不用是个妄想狂都可以知道，每组人里都有一个告密者，他们的向导也会尽职尽责地向上面汇报。一次，有这样一群人来见了阿赫玛托娃和左琴科。这是斯大林的另一个诡计。你们听说我们有些艺术家遭到迫害？没影儿的事，这只是你们政府的宣传。你们想见见阿赫玛托娃和左琴科？看，他们就在这里，想问他们什么就问什么。

这些西方的人道主义者，早已天真地抱定了对斯大林的一腔热忱，能想出来的最聪明的问题，就是问阿赫玛托娃怎样看日丹诺夫主席的批评和中央委员会对她的谴责。日丹诺夫说过，阿赫玛托娃用她诗歌中腐烂和腐化的精神，毒害了苏维埃青年的心灵。阿赫玛托娃站起来回答，她认为日丹诺夫主席的讲话和中央委员会的决议都是绝对正确的。而这些心里有事儿的访问者，早就抓着他们的餐券离开了，反复对彼此说西方关于苏联的看法都是诽谤与幻想；艺术家不仅被善待，而且允许与权力最高层交换意见，提出建设性的批评。这些都证明了艺术在苏联的价值，远远高于在他们堕落的祖国。

不过，他更反感那些著名的西方人道主义者，他们来到这里，告诉它的居民，他们生活在天堂。马尔罗[1]赞美了白海运河，但从未提及它的建设者们一直干到死。福伊希特万格[2]奉承斯大林，“理解”公开审讯是民主进程的必要组成部分。歌唱家罗伯逊[3]为政治杀戮大唱赞歌。他更厌恶罗曼·罗兰和萧伯纳，他们轻率地赞美他的音乐，却忽视了这时候权力是怎样对待他和所有其他艺术家的。他假装病了，拒绝和罗兰见面。但两人中萧伯纳更糟糕。在俄国还有饥饿吗？他自问自答。胡说，我吃得很好，就跟在世界其他地方一样。这是他说的，“你用‘独裁者’这个词吓不倒我”。于是这个轻信的傻瓜和斯大林亲切交谈，什么也没看见。尽管说，他又为什么该害怕一个独裁者呢？从克伦威尔时代之后，他们英国再也没有独裁者了。他被迫给萧伯纳送去了他的《第七交响曲》的谱子。他应该在谱子封面的签名边，添上饿死农民的数字，而这位剧

1 安德烈·马尔罗（1901—1976），法国小说家、艺术理论家，曾任法国文化部部长。

2 莱昂·福伊希特万格（1884—1958），德国犹太小说家、剧作家，魏玛共和国时期文坛代表人物。

3 保罗·罗伯逊（1898—1976），美国著名男低音歌唱家、演员，曾参与美国民权运动。

作家却在莫斯科吃撑了。

也有一些明白点的人，他们支持你，但同时也对你感到失望。这些人没有领会关于苏联的一个简单事实：在这里说真话是不可能的，除非不想活了。这些人以为，他们知道权力是怎样运作的，他们希望你去斗争，因为他们相信，如果他们处在你的位置，他们也会这么做。换句话说，他们想要你流血。他们想让艺术家去做斗士，公开和野兽对抗，血溅沙场。这就是他们需要的：用帕斯捷尔纳克的话来说："英勇就义，说真的。"好吧，只要有可能，他会努力让这样的理想主义者失望。

这些自认为是朋友的人，他们不理解的是，他们和权力本身多么相像：无论你给了多少，他们都想要更多。

每个人都想从他那里得到比他能给出的更多的东西。而他想给他们的，只有音乐。

事情要是有这么简单该多好。

在想象的对话中，他和这些失望的支持者交流，有时他会在开始时稍微解释一下那个他们几乎忽视了的基本事实：在苏联，你几乎买不到创作的稿纸，除非你是作曲家协会的成员。他们知道这个吗？当然不知道。但是，德米特里·德米特里耶维奇，毫无疑问他们会如此回答，如果真是这样，你肯定可以买到白纸吧？然后自己用尺子和笔，画出自己的谱纸。你肯定不会就这样轻易地放弃了你的艺术吧？

有道理，他会这样回答，那让我们谈谈事情的另一面。要是你被宣布为国家公敌，他就有一次被宣布是，那么所有你身边的事物都会受到牵连和影响。你的家庭和朋友，那是肯定的。但甚至可能还包括一个指挥，只要他正在演奏，或曾经演奏过，或提议要演奏你的某个作品；还可能是四重奏的成员；或者一个音乐厅，不管多不起眼，只要曾上演过你的作品；还有观众。在他的整个职业生涯中，曾有多少次，在演出前最后一分钟，指挥和独奏者突然来不了了？有时是出于本能的恐惧或可以理解的谨慎，有时是受到了权力的暗示。从斯大林到郝连尼科夫，任何人都能在全国范围内停演他的作品，只要他们选择这样做。他们已经毁掉了他的歌剧创作事业。早年间，他曾跟很多人一样，以为在这一领域他可以写出最好的作品。但自从他们枪毙了《姆钦斯克县的麦克白夫人》，他再也没有创作过一部、也没有写完任何他已经开始创作的歌剧。

但是，德米特里·德米特里耶维奇，你肯定还是可以躲在你的公寓里偷偷地写；你可以传播你的音乐；它可以在你的朋友中演奏；它可以偷偷拿到西方去，就像那些诗人和小说家的手稿，不是吗？是的，谢谢，一个好主意：他的音乐新作，在俄罗斯被禁止，在西方演出了。他们能想象这会让他成为怎样的标靶吗？这完美证明了他想在苏联复辟资本主义。但是你还能写音乐啊？是的，他还是能写演不了也不可能上演的音乐。但音乐想在它被写下的时代被听见。音乐不像中国蛋：把它们埋在地下，时间越久就越好。

但是，德米特里·德米特里耶维奇，你太悲观了。音乐是不朽的，音乐会永存，会一直被需要，音乐能讲述任何事，音乐……当他们给他解释他自己的艺术的本质时，他充耳不闻。他赞赏他们的理想主义。是的，音乐可能是不朽的，但，唉，作曲家不是。他们很容易就噤声了，甚至更容易就被杀害了。至于对悲观主义的指责，这也不是第一次听说了。他们会抗议：不，不，你不明白，我们只是想帮助你。于是，他们又一次从他们安全、富裕的国土来到了这里，给他带来了一摞摞预先印好的稿纸。

战争期间，乘坐那些缓慢的、充斥着伤寒症的、往返于古比雪夫和莫斯科的列车，他的脖子和手腕上戴着蒜头护身符；它们帮他幸免于难。但现在，他需要永远戴上它们：不是防备伤寒，而是防备权力，防备敌人，防备伪君子，甚至防备好心的朋友。

他敬佩那些站出来跟权力说出真相的人。他敬佩他们的勇气和正直。他有时甚至妒忌他们；不过这很复杂，因为这妒忌里有一部分是妒忌他们的死，他们脱离了生的苦恼。当他站在波尔莎娅·布什卡斯卡娅大街公寓的五层，等着电梯门打开的时候，恐惧总是和想要被带走的冲动混杂在一起。他也感觉到了一闪而过的勇气中的虚荣。

但这些英雄，这些烈士的死，通常会给予两边满足——一边是发出命令的暴君，一边是那些观望的国家，他们想要在表达同情的时候又能自觉优越——他们没有孤独死去。他们的英雄主义，会让他们周围的许多东西被摧毁。因此，这事并不简单，即便一目了然。

当然，不妥协的逻辑也可以反过来看。如果你保住了自己，你也可以保住你身边的人，那些你爱的人。既然你会做任何事来保住你爱的人，那么你也会做任何事来保住自己。

因为这是别无选择的，同样也就没有可能避免道德堕落。

这是背叛。他背叛了斯特拉文斯基，因此，他也背叛了音乐。后来，他告诉姆拉文斯基[1]，那是他生命中最糟糕的一刻。

*

当他们到冰岛时，飞机临时出了故障，他们在那里待了两天，等着换飞机。然后，坏天气不让他们在法兰克福机场登陆，他们只好转道斯德哥尔摩。瑞典音乐家们为他们著名同行的不期而至而高兴。尽管他们请他说出他特别喜爱的瑞典作曲家的名字时，他觉得自己就像一个穿上了短裤的男孩，或就像那个女学生，对那些艺术创作者一无所知。他刚想提斯文森[2]，就想起来他是挪威人。但瑞典人都太文明了，不会生气，第二天早上，他发现他的宾馆房间里多了一大堆本地作曲家的唱片。

他回到莫斯科后不久，一篇文章以他的名义发表在

1 叶夫根尼·姆拉文斯基（1903—1988），苏联指挥家，苏联指挥学派的杰出代表。

2 约翰·斯文森（1840—1911），挪威作曲家、指挥家、小提琴家。

《新世界》杂志上。他饶有兴致，想了解他据说该有的想法，于是获悉和平大会获得了巨大的成功，美国国务院怒不可遏，因此断然决定缩短苏联代表团的逗留时间。“在回家的路上我对此想了很多，”他看到自己这么说。“是的，华盛顿的统治者害怕我们的文学、我们的音乐和我们对和平的发言，他们之所以害怕，是因为真理，不管是什么形式，都阻碍了他们组织起来分裂和平。”

“生活不是在田野上漫步”：这也是帕斯捷尔纳克关于哈姆雷特之诗的最后一行[1]。前一行是：“我是孤独的；我的周遭溺没在谎言中。”

1 即《日瓦戈医生》最后一章附录诗歌中的第一首《哈姆雷特》。

第 三 章

在汽车里

他只知道，这是所有时候里最坏的时候。

最坏的时候和最危险的时候不太一样。因为最危险的时候不是你处在最危险的时候。

这是他之前无法理解的事情。

他坐在司机驾驶的小汽车里，风景在颠簸中飘移而过。他在问自己这样一个问题：

> 斯大林认为他懂得也欣赏音乐。
>
> 赫鲁晓夫轻视音乐。
>
> 哪种情况对作曲家来说最糟糕？

有些问题没有答案。或至少，你死了，问题才不存在。死亡能治好驼背，赫鲁晓夫喜欢这样说。他不是生来就驼背，但可能已经变成了一个驼背，无论在心理上，还是在精神上，一个爱问问题的驼背。可能，死亡解决了问题，也解决了提问者。回过头来看，悲剧就像闹剧。

当列宁抵达芬兰车站时，德米特里·德米特里耶维奇和一群同学冲进那里迎接归来的英雄。这个故事他说过很多次。但是，因为他是一个纤弱的、被保护的孩子，肯定不会被允许出去做这种事。更有可能是他那位老布尔什维克舅舅，马克西姆·拉夫连季耶维奇·科斯特里金，陪他一起去了车站。他也很多次说过这个版本。两种叙述为他的革命履历增了色。十岁的米佳，在芬兰车站，受到了伟大领袖的鼓舞！在他的早年经历中，这一画面从来没扯过后腿。但还有第三种可能：他根本没见到列宁，也从未靠近过火车站。他只是将一个同学对这起事件的记录拿来当成自己的。如今，他已经不再知道该信哪个版本。他真的到过芬兰车站吗？好吧，就像谚语所说，他撒起谎来，就像亲眼所见一样。

他点起另一支被禁吸的香烟，注视着司机的耳朵。至少，有些事情是真实可靠的：司机有一只耳朵，同时，毫无疑问，另一边也有一只，尽管他看不见。因此，它就是一只仅存在于他记忆中的，或确切地说，想象中的耳朵，直到他有机会看见。他故意歪过身子，直到另一只耳朵的耳垂映入眼帘。另一个问题解决了，就目前而言。

在他还小的时候，他的英雄是“北方的南森”，挪威探险家。长大后，仅仅是感觉到滑雪板下的雪，都会让他感到恐惧，他最伟大的探险活动是应妮塔的要求，出发去邻村找黄瓜。现在，他是个老人了，坐着别人开的车在莫斯科附近活动，司机通常是伊琳娜，但有时候是一个官派司机。他成了一个城郊的南森。

*

在他的床头柜上，永远是：一张明信片，图案是提香的《献金》。

契诃夫说，你应该写下一切——除了揭发信。

可怜的阿纳托利·巴沙什金[1]，被揭发是铁托的密探。

阿赫玛托娃说，在赫鲁晓夫的统治下，权力变成了素食者。也许如此；尽管你也可以很容易就拿蔬菜塞住人的喉咙噎死他，就像古老的食肉年代的杀人方法一样。

---

1 阿纳托利·巴沙什金（1924—2002），苏联足球运动员。

从纽约回来后，他为多尔马托夫斯基[1]的一个冗长而浮夸的文本写了《森林之歌》。主题是西伯利亚大草原的重生，以及斯大林，这位领袖与导师，儿童之友，伟大的国父和伟大的铁路工程师，如今如何成了伟大的园丁。“让我们用森林给祖国母亲穿上衣服！”这个忠告被多尔马托夫斯基重复了不下十次。该剧坚称，在斯大林治下，甚至苹果树也变得更勇敢了，它们击退了严寒，就像红军击退了纳粹。作品雷鸣般的陈词滥调确保它立刻大获成功。它帮他赢得了第四次斯大林奖：十万卢布和一座乡间别墅。他向恺撒偿了债，恺撒也待他不薄。他总共获得过六次斯大林奖。还能每隔十年定期获得一枚列宁勋章：1946 年，1956 年和 1966 年。就像虾被放进蘸虾调料里一样，他徜徉在荣誉中。他希望能在 1976 年到来前一死了之。

可能勇气就像美丽。一个美女变老了：她只看见什么逝去了；而其他人只会看见什么依然还在。有些人称赞他的坚持与忍耐，称赞他拒绝交出歇斯底里表象下的硬核。他只看见什么在逝去。

---

1 叶夫根尼·多尔马托夫斯基（1915—1994），苏联诗人，词作家。

斯大林已经走掉很久了。伟大的园丁跑去照顾天堂里的草了，去鼓舞那里苹果树的士气。

红玫瑰放满妮塔墓前。每次他去的时候都是这样。花不是他送的。

格利克曼给他讲了路易十四的故事。这位太阳王和斯大林一样是个铁腕君王。然而他总是愿意给艺术家正当权利；承认他们的秘密魔法。其中之一就是诗人尼古拉·布瓦洛-德普雷奥。在凡尔赛的整个朝廷面前，路易十四如此宣布，就好像这是生活真理："德普雷奥先生比我更理解诗歌。"毫无疑问，这时人群中会出现阿谀而怀疑的笑声，这些人，无论在私下里还是公开场合，都确信伟大的国王对诗歌、音乐、美术和建筑的理解，无论何时何地，都无人堪与匹敌。可能，这句话原本就是个富有策略的外交辞令。但它还是被说出来了。

可斯大林拥有的优势超过了那个老国王。他对马列主义理论的深厚理解，他对人民的本能理解，他对民间音乐的热爱，他嗅出形式主义者阴谋的能力……哦，够了，足够了。他会让自己的耳朵听出血的。

但即使是伪装成伟大音乐家的伟大园丁，也没有嗅出红色贝多芬所在的位置。达维坚科让他失望，尤其是三十多岁就死了。而红色贝多芬从未现身。

他喜欢讲季尼亚科夫的故事。这是个美男子，还是个好诗人。他生活在彼得堡，专门书写爱情、鲜花和其他高尚的主题。然后，革命到来了，不久他成了列宁格勒诗人季尼亚科夫，不再写爱情和鲜花，而专门写他有多么饥饿。又过了一段时间，情况如此糟糕，他只好站在街角，脖子上挂块标牌，上面写着“诗人”。俄国人看重诗人，所以路过时总是会给他钱。季尼亚科夫喜欢说，他从乞讨中挣到了比写诗时多得多的钱，每晚都能在一家昂贵的餐厅风卷残云。

最后那个细节是真的吗？他怀疑。但诗人允许夸张。至于他自己，他不需要一块标牌，他脖子上挂着三枚列宁勋章和六个斯大林奖，可以在作曲家协会的餐厅吃饭。

*

一个狡猾的黝黑男人，戴着一枚红宝石耳环，用拇指和食指捏住一枚硬币。他把它拿给第二个肤色稍浅的人看，那人没有去碰硬币，而是直直看着前者的眼睛。

这是一个奇怪的时代，权力做出决定，德米特里·德米特里耶维奇·肖斯塔科维奇是个可以挽救的实例，对他需要采取一种新的策略。不用等待最终结果，完成的作品在获得赞赏或批判之前，都需要接受音乐理论家的专家审查，政府出于英明，决定反过来一开始就审查：审查他的思想灵魂。作曲家协会如此体贴而慷慨，给他指定了一个辅导老师特罗申同志，一位严肃而年长的社会学家，来帮助他理解马列主义的原则，帮助他自我改造。给了他一份阅读书单，全部由斯大林同志的著作组成，诸如《马克思主义和语言学问题》《苏联社会主义的经济学问题》。然后，特罗申来到他公寓，说明他来是干什么的。唉，他来，是因为连著名的音乐家也会犯下严重的错误，而这些错误近年来被公然传播。为了避免重蹈覆辙，德米特里·德米特里耶维奇的政治、经济和意识形态上的理解水平必须得到提高。作曲家用应有的严肃，聆听了不速之客表明他的意图，同时表达了歉意，说他正在集中精力创作一部纪念列宁的交响乐，所以没法读完如此善意地提供给他的书目。

特罗申同志扫了一下作曲家的书房。他是个没有心计也不会恐吓的人，只是那些勤勉而盲从的公务员中的一个，每个政权都会吐出这样的人来工作。

“这是你创作的地方？”

“是的。”

辅导老师站了起来，朝着每个方向走了一两步，称赞了房间里的大体布置。然后带着歉意的微笑说：

“但是，在一个著名苏联音乐家的书房里少了一样东西。”

轮到苏联著名的作曲家站起来了，他环顾四周，还有他熟悉的书架，然后带着同样的歉意摇了摇头，好像在为答不出辅导老师的第一个问题而窘迫。

“你的墙上没有斯大林同志像。”

令人畏缩的沉默接踵而来。作曲家点了一支烟，在房间里踱步，好像在寻找导致这可怕错误的原因，或者说，仿佛想从这个垫子或者那张地毯下找到必需的画像。最后，他让特罗申确信，他会马上去找一幅伟大领袖最好的画像。

“不错，很好，那么，”特罗申回答，“现在让我们坐下来讨论正事。”

他被时不时地要求概括斯大林的智慧。很幸运，格利克曼愿意为他做这份工作，于是，作曲家对伟大园丁的全集所表现出的饱含爱国主义的洞察，定期从列宁格勒寄到他这里。这之后，另一些关键文章也加入到课程中：例如G. M. 马林科夫的《艺术创造的特征》，这是他在党的十九大上的报告的再版。

特罗申热忱而坚定地存在于他的生活中，他礼貌地避而远之，心底里不乏嘲弄。他们一本正经地扮演导师和学生；毫无疑问，特罗申拿不出另一张面孔。他显然相信自己所做的一切都是出于善意，作曲家待他也十分谦恭，承认这些不请自来相当于某种保护。而他俩都很清楚，他们的哑谜有可能带来严重的后果。

那时候，有两句口头禅，一个是问句，一个是陈述句，会让人汗流浃背，让壮汉吓尿裤子。问句是：“斯大林知道吗？”更吓人的是陈述句：“斯大林知道。”既然斯大林被赋予了超自然的力量——他从不犯错，他掌控一切，他无处不在——在他权威笼罩下的地球人就感觉到，或想象着他的眼睛永远盯着他们。所以，如果特罗申同志没能以令人满意的方法教授训诫，会怎样？如果他的学生，那个外表严肃、内心古怪的人没能学好，会怎样？然后这对这个世界上的特罗申们又意味着什么？他们两个都知道答案。如果导师为学生提供了保护，学生对导师也有同样的责任。

但关于他，就像说起其他人（譬如帕斯捷尔纳克）一样，还有悄悄流传的第三句口头禅："斯大林说，谁也不能动他。"这个陈述句有时候是事实，有时候是胡乱的揣测或嫉妒的假设。作为叛徒图哈切夫斯基的门徒，他为什么会幸存？为什么被认为"难道不是聪明反被聪明误"后，他还能幸存下来？为什么他都被报纸称为人民的敌人了，还能幸存下来？为什么扎克列夫斯基会在星期六和星期一之间消失？当他身边有那么多人被逮捕、被流放、被杀害，或者不明原因地失踪几十年后才真相大白，为什么就放过了他？有个答案可以回答所有这些问题："斯大林说，谁也不能动他。"

如果是这样——他没有办法知道是不是这样，那些嘟哝这句口头禅的人也不知道，如果他以为这可以给他永久的保护，那他就是个傻瓜。只是被斯大林注意到，就比默默无闻的存在要危险得多。那些受宠的不会永远受宠；何时失宠只是个时间问题。有多少颗苏维埃机器的重要螺丝钉，在一些感觉不到的变化之后，最后变成其实一直是在阻碍其他的螺丝钉？

在十字路口，车速慢了下来，司机拉起手刹时，他听到了齿轮的嘎吱声。他想起他们买的第一辆波别达[1]。当时有规定，车在交付时，买主必须在场。他还保留着战前的驾照，就自己去了车库，把车取了回来。开回家的路上，他不是很满意波别达的表现，怀疑卖给他的是废品。他停好车鼓捣刹车，这时有个过路人大叫："喂，四眼，你的车怎么回事？"车轮在冒烟：从车库开出来后，一路上他都没放下手刹。车好像不太喜欢他，这是事实。

他还记得他在音乐学院伪装成布尔什维克理论教授时监考过的另一个女孩。主考官离开了一会儿，他发现自己成了唯一的主管。那个学生很紧张，准备回答问题时，她把试卷拿在手里揉来揉去，让他心生同情。

"好吧，"他说，"我们把所有这些官方问题放在一边。我另外问你：什么是修正主义？"

这是一个连他都能回答的问题。修正主义是一个可憎的异端邪说，这个词本身就头上长角。

女孩思考了一会儿，然后自信地回答："修正主义是社会发展的最高阶段。"

1 波别达，即嘎斯 M20 波别达，苏联高尔基汽车厂独立研发的车款。"波别达"为胜利之意。

当其他一切都失灵，当世界什么都不剩，只剩荒谬的时候，他坚持这点：好音乐总是好音乐，伟大的音乐是无法动摇的。你可以用任何节奏、任何力度演奏巴赫的序曲和赋格曲，它们仍然会是伟大的音乐，即便那个十指猛敲琴键的可怜人也无法推翻。同样，你也不可能冷笑着演奏这样的音乐。

在1949年，对他的攻击还在继续，他谱写了他的《第四弦乐四重奏》。鲍罗丁四重奏乐团[1]学会了它，然后为文化部主管音乐的部门演奏，这个部门专门负责论证新作品是否可以演出，在批准前，作曲家得不到任何报酬。鉴于处境危如累卵，他对此不抱希望；但让所有人惊讶的是，试听成功了，这首作品获得了授权，报酬也唾手可得。不久有传言，鲍罗丁乐团学会了用两种不同的手法演奏这首四重奏：忠实的和策略性的。第一种手法体现了作者的真实意图；第二种是专门用来通过官方审查的，乐手们强调了作品中的“乐观”成分，强调它符合官方艺术的要求。

1 鲍罗丁四重奏乐团成立于1945年，是历史上最悠久的管弦乐团之一，冷战时期这支苏联乐团为西方所熟知。乐团与肖斯塔科维奇保持着紧密的合作关系。

这是运用反讽来抵抗权力的完美例子。

当然，这样的事情从来没有发生过，但故事在被不断重复，足以让人接受它的真实性。但这全是胡说：这不是真的，它不可能是真的，你无法在音乐中撒谎。鲍罗丁乐团只能用作曲家希望的方式演奏《第四弦乐四重奏》。音乐，好的音乐，伟大的音乐，拥有一种坚固而不可消减的纯度。它可能会痛苦、绝望、悲观，但它不会玩世不恭。如果音乐是悲痛的，只有那些长着驴耳朵的人才会指责它玩世不恭。不过，当一个作曲家陷入痛苦或绝望或悲观时，那意味着他还是相信某些东西。

什么能对抗时间的噪音？只有我们自己内心的音乐，关于我们存在的音乐，有些人将它转化成了真正的音乐。几十年后，如果这样的音乐足够强大、真实、纯净，能淹没时间的噪音，它就能够转化为历史的低语。

这就是他怀有的信念。

他与特罗申同志之间礼貌、乏味和虚伪的交流在继续。有天下午，导师的情绪反常地活跃起来。

“这是真的？”他问，“我刚听说几年前约瑟夫·维萨里奥诺维奇亲自给你打过电话，是真的？”

“是，是真的。”

作曲家指了指墙上的电话，尽管已经不是他用过的那部了。特罗申凝视着那个设备，好像它早该进博物馆展览了一样。

“斯大林真是个伟大的人啊！国家有那么多事要操心，他又日理万机，竟然还知道什么肖斯塔科维奇。他统治着半个世界，但还是为你抽出了时间！”

“是啊，是啊，”他假装热情地回答，“这真的令人吃惊。”

“我知道你是一名著名的作曲家，”导师继续说，“但跟我们的伟大领袖比起来，你是谁？”

猜想特罗申可能不熟悉达尔戈梅日斯基[1]的故事，他严肃地回答：“跟首长比我是蛆虫。就是蛆虫。”

“对，就是这样，你真的就是蛆虫。看来你现在拥有一种健康的自我批评意识了，这很好。”

就好像是渴望得到更多的赞扬，他尽可能严肃地重复道：“对，我是一条蛆虫。就是条蛆虫。”

特罗申欣慰地走了，为取得的进展感到满意。

但作曲家的书房从未摆出过莫斯科能买到的最好的斯

1 亚历山大·达尔戈梅日斯基（1813—1869），俄国作曲家，曾写有浪漫曲《蛆》。

大林肖像。对德米特里·德米特里耶维奇的再教育仅仅进行了几个月后，苏联现实的客观境况发生了变化。换句话说，斯大林死了。导师的来访结束了。

*

司机刹了车，汽车靠左停了下来。这是一辆伏尔加[1]，很舒适。他一直想要一辆外国轿车。他一直很想，特别想，拥有一辆梅赛德斯。他在版权局有一笔外汇，但不许他拿来买外国轿车。德米特里·德米特里耶维奇，我们苏联的车有什么问题吗？它们没法把你从一个地方送到另一个地方吗？它们不够可靠吗，难道是没考虑过苏联的路况就造出来的吗？如果我们最杰出的作曲家去买一辆梅赛德斯，会被怎样看？会不会被认为是对苏联汽车工业的侮辱？政治局委员们开过资本主义的车吗？你肯定能明白这根本不可能。

普罗柯菲耶夫被允许从西方进口一辆新福特。谢尔盖·谢尔盖耶维奇为此很高兴，直到有一天，这车被证明对他来说太难开了，在莫斯科城里，他撞倒了一位年轻姑

1 伏尔加，高尔基汽车厂继波别达之后推出的汽车品牌，被认为是苏联工业的象征和骄傲。

娘。怎么说呢，这是典型的普罗柯菲耶夫。他总是从错误的方向抵达世界。

当然，没有人会死得正是时候：有些太早，有些太晚。一些人或多或少选对了年份，但完全选错了日期。可怜的普罗柯菲耶夫，和斯大林死在了同一天！谢尔盖·谢尔盖耶维奇晚上八点中风，九点去世。斯大林死于五十分钟后。死的时候都不知道伟大的暴君完蛋了！是的，对你来说，这就是谢尔盖·谢尔盖耶维奇。尽管一丝不苟算着拍子，他总是跟俄罗斯差半拍。他的死，展示了一种愚蠢的同步。

普罗柯菲耶夫和肖斯塔科维奇这两个名字总是被联系在一起。虽然被绑定，但他们从来不是朋友。他们最多只是欣赏对方的音乐，但西方深入了谢尔盖·谢尔盖耶维奇的骨髓。他 1918 年离开俄罗斯，除了几次短暂回国（带了一套让人困惑的睡衣），在国外一直待到 1936 年。到那时，他已经和苏联现实失去了联系。他想象，他因爱国而回国，会大受欢迎，暴政会表示感激，这有多幼稚？当他们一起受到音乐官僚机构的责难时，谢尔盖·谢尔盖耶维奇只想到音乐上的解决方案。他们问他，他的同事德米特里·德米特里耶维奇的《第八交响曲》错在哪里。没有什么地方不能被修改，这位曾经的实用主义者回答：它需要有一个更明确的旋律，第二和第四乐章应该被砍掉。而面对对他本人作品的批判时，他的反应是：听着，我风格多样，只要告诉我，你想让我用哪种风格。他对自己的灵活性深感自豪——但他们要他做到的不是这个。他们不想让你假装遵循他们的陈腐品位和毫无意义的批判口号，他们想要你真正地相信它们。他们想要你的共谋，你的服从，你的堕落。谢尔盖·谢尔盖耶维奇从来没有真正明白过这些。他说（这样做对他来说很勇敢），当一件作品被斥为“形式主义”，遭到致命谴责时，只不过是在说“一件简单的事情，那就是第一遍没听懂”。他有一种奇怪的饱经世故的天真。但真的，这人有一个傻子一样的灵魂。

他经常想起谢尔盖·谢尔盖耶维奇，战争流亡时期，他在阿拉木图的市场上卖掉了做工精致的欧式西装。他们说他是一个老练的商人，总能要到最好的价格。这些西装现在穿在谁身上？但不仅仅是他的衣服：普罗柯菲耶夫喜欢所有能彰显成功的服饰。他是用西方的思维来理解名声的。他喜欢用“有意思”来描述事物。尽管他公开赞扬《姆钦斯克县的麦克白夫人》，但他当着作曲家的面匆匆翻阅了乐谱后，声称作品很“有意思”。这个词语本该被禁用，直到斯大林死了才能解禁。谢尔盖·谢尔盖耶维奇没能活着看到。

他本人从未被海外生活诱惑过，他是一个生活在俄国的俄国作曲家。他拒绝想象任何其他可能性。虽然他短暂地体验过他在西方的声誉。在纽约，他去药房配阿司匹林。在他离开十分钟后，一个店员往橱窗上贴了张条子。上面写着：德米特里·肖斯塔科维奇在这里买过东西。

他不再等待被杀害，这样的恐惧已经过去很久了。但是被杀并不是最糟糕的。1948 年 1 月，他的老朋友所罗门·米霍埃尔斯[1]，莫斯科犹太剧院的导演，在斯大林命令下被杀害了。消息传来的那一天，他被日丹诺夫威吓了五个小时，因为他歪曲苏联的现实，没能庆祝国家取得了光荣的胜利，反倒跟敌人沆瀣一气。后来，他直接去了米霍埃尔斯的住所。他拥抱了朋友的女儿和女婿。接着，背对着一大群沉默、恐惧的吊唁者，脸几乎埋进了书架里，他

1 所罗门·米霍埃尔斯（1890—1948），苏联演员，莫斯科国家犹太剧院艺术指导。剧院在米霍埃尔斯遇害后被关闭。

用平静而清晰的声音跟他们说："我妒忌他。"他的意思是：死亡好过无尽的恐惧。

*

但没有尽头的恐惧又持续了五年。直到斯大林去世，一个尼基塔·赫鲁晓夫现身。出现了解冻的前景，出现了谨慎的希望，出现了轻率的欢庆。是的，事情的确变容易了，某些肮脏的秘密浮现出来；但是，没有突如其来的对真理的理想主义的热爱，只是意识到现在它可以用来取得政治优势了。权力本身不会缩小；它只是变异了。满怀恐惧地等在电梯旁，子弹穿过后脑勺，都成了过去的事情。但权力并没有对他失去兴趣；手还是伸了过来，从童年起，他就对抓向自己的手怀有恐惧。

尼基塔这个玉米棒子。这个会长篇大论"抽象派和鸡奸者"的人，说他们就是一回事。就像日丹诺夫曾经抨击阿赫玛托娃"既是荡妇又是修女"。尼基塔这个玉米棒子，一次在会见作家和艺术家时说起了德米特里·德米特里耶维奇："哦，他的音乐只是爵士乐而已——让你肚子疼。我要为此鼓掌吗？听爵士乐会让你得急性腹痛的。"虽然，这比说你跟敌人沆瀣一气要好。在那些更为宽松的时刻，那些等着见总书记的人，如果怀着恰当的顺从，会被允许入内，给出一些相反意见。甚至有个诗人，不知道是出于勇敢还是疯狂，坚持说抽象艺术家中间也有伟大的艺术家。他提到了毕加索。那个玉米棒子直接回答：

“死亡可以治好驼背。”

在过去，这样一种交谈会让这位无礼的诗人意识到，他是在玩一个危险的游戏，下场会很惨。但这次是赫鲁晓夫。他的咆哮让那些厚脸皮走狗朝着一个方向摇尾巴，然后是另一个方向；但你不会马上对未来感到恐慌。有一天玉米棒子可能会宣称你的音乐让他肚子疼，下一次，在作曲家协会代表大会的精美宴会上，他又可能会真的赞扬你。那天晚上，他滔滔不绝地告诉他，如果音乐只是过得去，那他用收音机听就好了——除非它们发出，嗯，像白嘴鸦叫唤的声音……当厚脸皮走狗不停地笑时，他的目光落在了这位著名的作曲家身上，作曲家的音乐被认为是让人肚子疼的爵士乐。但总书记的神情依然亲切，事实上是宽容。

“听到了吧，这就是德米特里·德米特里耶维奇，战争刚一开始，他就用他的……该怎么称呼来着，嗯，他的交响乐，看见了火光。”

突然，他并没有不悦，柳德米拉·利亚多娃，这位制作流行歌曲的人，过来亲吻他，愚蠢地宣称每个人都爱他。好吧，怎样都没关系，世事不同以往。

但这正是他犯下错误之处。以前是死亡；现在是活着。以前，人们吓得尿裤子；现在他们被允许表达不同意见。以前是命令；现在是建议。于是，他和权力的对话，对灵魂来说更危险了，一开始他还没有意识到这一点。以前，他们会试探他有多勇敢；现在，他们会试探他有多怯懦。他们这样做着，更勤勉，也更有技巧，怀抱一种强烈的、但本质上是漠然的专业态度，就像牧师为垂死之人的灵魂祈祷。

*

他本人不太了解视觉艺术，几乎不能和那位诗人讨论抽象艺术，但他认为毕加索是个杂种和懦夫。做一个不用在压力下生活的人多轻巧啊！毕加索用了一生的时间画狗屎，为斯大林的政权欢呼。[1] 但上帝却不允许任何在斯大林

---

1 毕加索 1944 年加入法国共产党，1950 年苏联政府为其颁发了斯大林和平奖。

统治下受苦的可怜艺术家，像毕加索那样画画。他可以自由地说出真相——为什么他不为那些不能这样做的人说出来呢？相反，他像个富人一般待在巴黎和法国南部，一遍又一遍地画着他那讨人厌的和平鸽。他厌恶看到血腥的鸽子。他厌恶对思想的奴役，也厌恶对身体的奴役。

还有让-保罗·萨特。有次，他带着马克西姆去特列季亚科夫画廊[1]边上的版权局，在那里，这位伟大的哲学家站在出纳员办公桌后面，极其认真地数着一大厚卷儿卢布。在那时候，只有在特殊情况下，才会向外国作者支付版税。他低声向马克西姆解释这一情形："如果一个人离开了反动阵营，加入到进步阵营里来，我们是不会拒绝给他物质奖励的。"

斯特拉文斯基是另一码事。他对斯特拉文斯基音乐的热爱与尊敬从未动摇过。作为证明，他在办公桌玻璃板下放了一张这位同行的大照片。他每天看着它，回忆华尔道夫·阿斯托里亚的镀金大厅；回想他的背叛，他的道德

1 特列季亚科夫画廊是目前世界上收藏俄罗斯绘画作品最多的艺术博物馆，坐落在莫斯科河畔。

耻辱。

解冻后，斯特拉文斯基又可以演奏了。那个对音乐的了解不会超过猪对柑橘的了解的赫鲁晓夫，被说服去邀请那位著名的流亡者回国访问。别的不说，这会是一个绝棒的宣传妙招。某种程度上，他们可能希望把斯特拉文斯基从一个世界主义者扭转回一个纯粹的俄罗斯作曲家。而从斯特拉文斯基这方面来说，他可能想重新发现古老俄国的残留，很久以前，他把它们抛在了身后。如果是这样，双方的梦想都破碎了。但斯特拉文斯基还是找到了些乐子。几十年来，他被苏联当局斥为资本主义的马屁精。因此，当某些音乐官僚带着假笑和伸出的手走向他时，斯特拉文斯基没有伸出自己的手，而是对着官员晃了晃他的手杖头。这姿势的含义很清楚：现在，谁是马屁精？

不过，在权力吃素时羞辱一名苏联官僚是一回事；在权力还吃肉的时候发表抗议就是另一回事。几十年来，斯特拉文斯基一直待在他的美国奥林匹斯山巅峰上，如此超然，如此自我，如此无忧无虑，而与此同时，艺术家、作家和他们的家人在他的祖国遭到追捕，被扔进监狱，被流放，被杀害。当他呼吸着自由的空气时，发表过一次公开的抗议吗？那样的沉默是可鄙的；就像他尊敬作为作曲家的斯特拉文斯基，他也鄙视作为思想家的斯特拉文斯基。不错，也许这回答了他对什么是个人的真诚，什么是艺术的真诚的问题；前者的缺乏并不必然污染后者。

他们在流亡者回国访问期间见过两面。哪一次都不顺利。他本人很敏感、很难为情，而斯特拉文斯基大胆而自信。他们有什么是非得跟对方说的？于是，他问：

"你怎么看普契尼[1]？"

"我讨厌他。"斯特拉文斯基答。

他的回复是："我也是。"

他们是当真的吗，就像他们说出来的那样，绝对是那么认为的吗？可能不是。一个本能地居高临下，另一个本能地卑躬屈膝。这就是"历史性会面"的麻烦。

他和阿赫玛托娃也有过一次"历史性会面"。他邀请她来热皮诺[2]会面。她来了。他沉默地坐着；她也是；这样过了二十来分钟，她站起来，走了。她后来说："好极了。"

---

1 贾科莫·普契尼（1858—1924），意大利歌剧作曲家，被称为继威尔第之后意大利最伟大的歌剧作曲家。

2 热皮诺，圣彼得堡的自治市。

关于沉默可以有很多解释，在沉默中，言尽乐起；而且，乐也尽了。有时候，他将自己的处境与西贝柳斯的相比，西贝柳斯在人生后三分之一时间里没有写任何东西，相反，他就待在那里，象征着芬兰人民的荣耀。这是一种不错的存在方式；但他怀疑自己是否有足够的力量保持沉默。

西贝柳斯显然满心不快，自轻自贱。据说，他将自己留存下来的手稿付之一炬的那天，感到如释重负。有道理。就像自轻自贱会跟酒精相连，一个刺激另一个。他太知道那种联系、那种刺激了。

关于阿赫玛托娃拜访热皮诺，流传着另一个版本。在这个版本中，她的说法是这样的："我们谈了二十分钟。好极了。"如果她真的这样说了，她是在做白日梦。但那就是"历史性会面"的麻烦。后人该相信什么？有时，他觉得一切都另有版本。

当他和斯特拉文斯基讨论指挥问题时，他坦承："我不知道怎样不害怕。"那时候，他以为他只是在谈论指挥问题。现在，他不那么确定了。

他不再害怕被杀，这是真的，该是件好事。他知道他会被允许活下来，得到最好的医疗看护。但某种程度来说，这更糟。因为活着的人总可能被带着往低处走。死掉的就不会了。

他曾去赫尔辛基领西贝柳斯奖。同一年，5 月到 10 月间，他成了罗马圣切契里亚音乐学院[1]的成员，获得了法国文学艺术勋章的最高荣誉“司令勋章”，还获得了牛津大学的荣誉博士头衔，成了伦敦皇家音乐学院的成员。像一只在蘸虾酱里游泳的大虾，他在各种荣誉中徜徉。在牛津，他见到了同样获得荣誉学位的普朗克[2]。他们被带到一架钢琴前，它显然以前是法国作曲家福莱的。出于尊敬，他们各自弹了一曲。

这种场合会给普通人带来巨大的愉悦，将之作为成年后甜蜜的、应得的慰藉。但他不是普通人；他们给了他那么多荣誉，也给他塞满了蔬菜。现在他们攻击他的方式不同了，多巧妙啊。他们带着微笑而来，还有几杯伏特加，

1 圣切契里亚音乐学院，世界历史最悠久的音乐学院之一，始建于 1585 年。

2 弗兰西·普朗克（1899—1963），法国钢琴家、作曲家，法国“六人团”成员之一。

以及关于让总书记肚子疼的默契笑话，然后是马屁，甜言蜜语，还有沉默和期待……有时候他会酩酊大醉，有时候他无法真正意识到发生了什么，直到他回家，或是去朋友家，涕泗横流，啜泣哭喊，厌恶自己，几近崩溃。事情到了如此地步，他几乎每天都厌恶自己成了这样的人。他好多年前就该死了。

还有，他们第二次毙了《姆钦斯克县的麦克白夫人》。莫洛托夫、米高扬和日丹诺夫曾在一边冷嘲热讽，而斯大林藏在帘幕后面，自从那天以后，它就被禁了二十年。随着斯大林和日丹诺夫去世，宣布解冻，他在格利克曼的帮助下修改了歌剧，从30年代早期开始，格利克曼就成了他的朋友和合作者。那天他往剪贴本里贴《混乱取代了音乐》时，格利克曼就坐在他身边。他们的新版本去列宁格勒的马利剧院接受上演前的审查。但进展缓慢，他受到提示，加快审查过程的最佳希望就是作曲家本人给苏联部长会议第一副主席写请愿书。这当然是种羞辱，因为苏联部长会议第一副主席不是别人，正是维亚切斯拉夫·米哈伊洛维奇·莫洛托夫。

但他还是写了信，文化部长指定了一个委员会来审查这个新版本。作为对国内最杰出的作曲家的一种尊重，委员会光临他在莫扎斯科耶高速公路边上的公寓。格利克曼也在，还有马利剧院的导演和乐队指挥。委员会成员有作曲家卡巴列夫斯基[1]和楚拉基[2]、音乐评论家胡博夫和指挥齐尔科夫斯基。他们到达前，他就已经万分紧张了。他把剧本打印稿交给了他们。然后他一个人把整出歌剧弹了一遍，唱了所有的段落，而马克西姆坐在他肘边，为他翻着乐谱。

先是一个停顿，然后发展为难堪的沉默，之后委员会出手了。二十年过去了，不再是四个重权在握者坐在防弹包厢里；而是换成了四个音乐人，四个手上没沾血的精致的利己主义者，他们坐在音乐家同行的公寓里。然而，仿佛什么也没变。他们把所听到的和二十年前的版本进行了比较，发现它还是不够格。他们认为，鉴于《混乱取代了音乐》从没有被正式撤回，它的原则依然适用。其中一条，就是他的音乐是嘶喊，是鸭叫，是猪哼，是上气不接

---

1 德米特里·卡巴列夫斯基（1904—1987），苏联作曲家，代表作管弦乐组曲《小丑》《第三钢琴协奏曲》等。

2 米哈伊尔·楚拉基（1908—1989），苏联作曲家、教师，曾任教于莫斯科音乐学院，担任过列宁格勒爱乐乐团的艺术总监。

下气。格利克曼想要争辩，但被胡博夫喝止了。卡巴列夫斯基赞美了作品的某些章节，但同时声称，作为整体，这部作品应受到道德的谴责，因为它将女杀手和荡妇的行为合理化了。两个从马利剧院来的人保持了沉默；他本人闭着眼睛坐在沙发上，听着委员会成员出口谩骂，一个压过另一个。

他们投票一致反对这出歌剧解禁，因为它在艺术和思想上存在着明显的错误。卡巴列夫斯基为了示好，对他说：

“米佳，着什么急啊？属于你歌剧的时代还没有到来。”

对他来说，似乎永远不会到来。他对委员会的“批评”表示了感谢，然后和格利克曼去了阿拉戈维餐厅的包间，在那里大醉一场。这是他发现的成年后为数不多的长处之一：他不再喝几杯就倒下了。只要他想，他可以喝个通宵。

季阿吉列夫[1]总是劝里姆斯基-科尔萨科夫去巴黎。作曲家总是拒绝。最后，傲人的演出经理人想出了一个办法，

---

1 谢尔盖·季阿吉列夫（1872—1929），通常被称为塞尔吉，是俄国艺术评论家、艺术赞助人、芭蕾舞表演家。季阿吉列夫在巴黎创立俄罗斯芭蕾舞公司，20世纪欧美很多优秀青年舞蹈家都出自该公司。

可以有力地迫使作曲家现身。屈从了的科尔萨科夫发来一张明信片，上面写道："如果我们要去，就去吧，鹦鹉对猫这么说，而猫正拽着鹦鹉的尾巴拖它下楼。"

是的，他的人生经常就是这种感觉。他脑袋已经撞了太多台阶了。

他一直是个一丝不苟的人。每隔两个月理一次发，也经常看牙医，一丝不苟又焦虑万分。他总是在洗手；一看到烟灰缸里有两个烟头，就会去倒掉。他需要知道一切正常运转：水，电，管道。他的日历上记着家庭成员、朋友和同事的生日，名单上的人总是会收到一张贺卡或一份贺电。去乡间别墅时，他第一件事就是给自己寄一张明信片，看看邮递可不可靠。如果这有时显得有点狂躁，可它是必需的。如果更广阔的世界变得不可控，你必须确保能控制你可以控制的领域。不管这领域有多微小。

*

他的身体总是跟过去一样紧张；也可能更紧张了。但他的思想不再飘忽不定；如今，它小心翼翼地从一个焦虑慢慢过渡到下一个。

他心想，思想飘忽不定的年轻人，会怎么看待这个老年人，他正坐在司机驾驶的汽车后座上，直视前方。

他心想，莫泊桑那个故事的结尾发生了什么，让年轻时的他深受震撼：那是一个充满热情而不计后果的爱情故事。作者把情人戏剧性幽会的后续告诉读者了吗？如果他能找到那本书，一定要查一查。

他还相信自由恋爱吗？可能吧；理论上如此；爱冒险、不用负责的年轻人可以。但孩子的到来，让父母没法都去追求自己的欢乐，那样会带来不公平的伤害。他认识这样的父母，都追求自己的性自由，结果他们的孩子落得像孤儿一样。

代价太高了。所以必须有某种妥协。这就是生活，一切都带着康乃馨精油香味的时光已经过去了。譬如，夫妇中一个人去追求自由恋爱时，另一个就要去照顾孩子。更多时候，是男人拥有这样的自由；但有些情形中是女人。在某些局外人眼里，他们不知道所有细节，他的情形就是这样。如果有这样一个旁观者，他会看到妮娜·瓦西里耶芙娜经常不在，不是为了工作就是为了快乐，或者兼而有之。妮塔不适合家庭生活，无论气质上，还是习性上。

一个人可以真诚地相信另一个人的权利，相信他们有自由恋爱的权利。但，是啊，在原则和实践之间，总是存在着一些苦恼。因此，他沉浸于自己的音乐之中，这占据了他全部的注意力，也给了他安慰。尽管，他身处音乐之中，就必然会缺席孩子身边。而有时，这是真的，他也有自己的调情方式。不只是调情。他努力做到最好，男人能做的只有这个。

妮娜·瓦西里耶芙娜是如此满怀欢乐，如此充满生命力，如此外向，身体如此让人赏心悦目，会有别人爱上她，一点也不奇怪。这是他告诉自己的；这是真的，也是很好理解的，即使有时候有点痛苦。但他也知道，她是爱他的，护着他不用去做很多他做不了也不想做的事情；还有，她为他自豪。这一切都很重要。因为那个无法理解他们生活的旁人，会更不理解妮塔死时发生的事情。那时，她离家和 A. 在亚美尼亚，突然病倒了。他和加莉娅飞了过去，但几乎刚到那里，妮塔就死了。

只是陈述事实：他和加莉娅坐火车回到了莫斯科。妮娜·瓦西里耶芙娜的遗体在 A. 的护送下被空运了回来。在葬礼上，只有黑、白、红：泥土、雪和A.送的红玫瑰。在墓穴边上，他把A.拉到身边。下一个月，他待在A.身边——或者说，让A.一直在他身边。这之后，当他去看妮塔时，那里总有A.送来的红玫瑰，撒满墓上。他觉得这景象令人安慰。有些人不会理解。

有一次他问妮塔，她是否打算离开他。她笑着回答："不会，除非A.发现了一种新粒子，得了诺贝尔奖。"他也笑了，算不出这两种情况的可能性。有人可能不理解他的笑。好吧，这不奇怪。

他恨的只有一件事情。当他们都住在黑海时，通常是在不同的疗养院，A.会坐着别克过来，带妮塔去兜风。兜风不是问题。他总有他的音乐——不管在哪里，他总有窍门找到一架钢琴。A.自己不开车，所以他有个司机。不，司机也不是问题。问题是那辆别克。A.从一个被遣返回国的亚美尼亚人那里买下了这辆别克。他被允许这么做。这才是问题。普罗柯菲耶夫也被允许拥有他的福特；A.被允许拥有他的别克；斯拉瓦·罗斯特罗波维奇[1]被允许拥有一辆欧宝，接着是另一辆欧宝，接着是一辆路虎，接着是

1 斯拉瓦·罗斯特罗波维奇（1927—2007），苏联大提琴演奏家、指挥家。

一辆梅赛德斯。他，德米特里·德米特里耶维奇·肖斯塔科维奇，却不被允许拥有一辆外国轿车。那么多年，他只能在KIM–10–50、GAZ–MI、波别达、莫斯科人和伏尔加这几款之间选择……因此，他妒忌A.。妒忌那辆别克的铬合金、皮革、昂贵的车灯和散热片，还有它制造出来的不同的噪音，以及无论到哪里都会出现的颤动。那辆别克几乎就是一个身体一样的存在。而他那金色眼睛的妻子妮娜·瓦西里耶芙娜，坐在那里面。就他所有的原则而言，这有时候也是个问题。

他找到了莫泊桑的小说，那个没有界线、不考虑明天的爱情故事。他之前忘记的部分，发生在第二天，那个要塞军官因为谎报军情遭到了严厉的谴责，他的整个军营受到惩罚，被调去法国另一端。然后莫泊桑让自己思考自己说的故事。它或许不是作者一开始设想的模样，一个可以跟荷马和古人相提并论的爱情史诗，而是某种廉价的当代故事，出自保罗·德科克[1]之流；而那个军官也许到了这时候还在向一群同事吹嘘他的戏剧性做法，以及他得到的鱼

1 保罗·德科克（1793—1871），法国小说家。

水之欢。在当代世界，太可能发生这种对浪漫的玷污了，莫泊桑总结道；即便最初的姿态，还有那个爱情之夜，仍然还在，还有着它们自己的纯洁。

他细细回味了这篇小说，回顾了他人生中发生的一些事。妮塔因别人仰慕自己而心生的欢喜；她关于诺贝尔奖的玩笑。现在他想知道，他是否能从不同的角度看自己：就像那个商人丈夫帕里斯先生，被刺刀挡在了城外，只好在昂蒂布火车站候车室凑合了一晚。

他让注意力重新回到司机的耳朵上。在西方，司机是仆人。在苏联，司机是报酬优厚、富有尊严的专业人士。战后很多司机都是打过仗的工程师。你知道要尊重你的司机。你永远不能批评他的车技或者车况，最轻微的批评都常常会导致小汽车因为某些神秘的毛病歇工两个礼拜。你还要忽视这样的事实：当你不需要你的司机时，他可能会独自工作，出去挣个外快。因此你要对他赔小心，这是正确的做法：在某些方面，他比你更重要。有些司机非常厉害，都有了自己的司机。有作曲家也那么成功，可以请别人来作曲吗？也许吧；这样的传闻倒常有。据说，郝连尼科夫忙着被权力喜爱，只有一丁点功夫草草写出自己音乐的大概，然后由其他人替他谱写出来。可能这是真实情况，但如果是这样，关系也不大：如果是郝连尼科夫自己来谱曲，不会更好，或更差。

郝连尼科夫还活着。这位日丹诺夫的傀儡，热衷于威胁别人、恃强凌弱，甚至迫害自己以前的老师舍巴林；一副好像是他亲自签署了每一张便条的样子，批准作曲家去买稿纸。郝连尼科夫是被斯大林选中的，一个渔夫大老远就认出了另一个渔夫。

郝连尼科夫像是店员，那些被迫扮演顾客的，喜欢讲一个关于他的故事。一天，作曲家协会第一书记被召去克里姆林宫，讨论斯大林奖的候选人。像往常一样，名单由协会事先列好了，就等斯大林最后定夺。这时候，不知道什么原因，斯大林决定不再扮演慈祥的舵手，但又要他的职员表现出谦卑。郝连尼科夫被带了进来；斯大林没理他，假装在工作。郝连尼科夫越来越紧张。斯大林抬起了头。郝连尼科夫含含糊糊地说着候选人名单。对此，就像他们说的，斯大林“给了他一个眼色”。郝连尼科夫立刻吓得把屎拉在了裤子里。恐慌中，他胡乱找了个借口，从权力面前夺路而逃。出了门，他看见两个壮实的男护士，对这样的情形十分熟稔，抓住他，把他带到一个特别的房间，用水冲洗他的下身，把他弄干净，让他回过神来，然后把裤子还给了他。

这种表现当然并不反常。你肯定不会蔑视一个人面对暴君时的内心软弱，这个暴君，只要念头一转，就会让某个人消失。不，你蔑视季洪·尼古拉耶维奇·郝连尼科夫的是这个：他兴高采烈地复述了他的丢人事。

现在斯大林没了，日丹诺夫不在了，暴政被否定了——但郝连尼科夫还在，不可动摇，舔着新老板的屁股，就像舔旧老板的一样；承认说，是啊，是犯了一些错误，但就算犯了，也都被幸运地改正了。毫无疑问，郝连尼科夫会比他们所有人都活得长，但有一天，即使是他也会死去。除非自然法则不再起作用了：可能季洪·郝连尼科夫会永生不朽，永远且必要地象征着这样一种人：他们热爱权力，也知道如何让权力反过来爱他。如果不是郝连尼科夫本人，也会是他的复制品或继承者：他们会永远活着，不管社会怎么改变。

他喜欢认为，他不怕死。他害怕的是活着，不是死亡。他相信，人们应该更多地思考死亡，让自己习惯死的概念。让它不知不觉地降临，不是最好的生活方式。应该让自己熟悉它。你应该书写它：无论用语言，还是像他那样用音乐。如果我们能在活着的时候早一点思考死亡，我们就会少犯一些错误，这是他的信念。

这并不是说，他没有犯过很多错误。

有时候，他认为，就算他没有那么经常想到死，他犯的错误也一点不会少。

有时候，他认为，死亡才是他真正最害怕的东西。

他的第二次婚姻：他犯过的错误之一。妮塔死了，然后，不到一年，他母亲死了。这两个他生命中最强悍的女性：他的向导、他的老师、他的保护者。他非常孤独。他的歌剧刚被第二次毙掉。他知道，他无法和女人保持那种轻浮的关系；他身边需要一个妻子。于是，在给世界青年节最佳大合唱当评委会主席时，他的目光被玛加丽塔吸引了。有人说她长得像妮娜·瓦西里耶芙娜，他本人没觉出来。她在共青团工作，也许是被故意摆在他面前的，尽管那不是理由。她对音乐不了解，也没兴趣，她想去喜欢，但失败了。他的朋友都不喜欢她，也不赞成这桩婚姻，当然，他们就突然偷偷结了婚。加莉娅和马克西姆也不喜欢她，她那么快就取代了他们母亲的位置，他还能有什么期待？因此她也不喜欢他们。一天，她在抱怨他们时，他板着脸说：

“我们为什么不杀了他们？这样我们就能永远快乐地生活下去了。”

她既听不懂这话，看上去也没明白那是幽默。

他们分居了，然后离了婚。不是她的错：全是他的错。他把玛加丽塔放在了一个她无法胜任的位置上。因为寂寞，他乱了分寸。是的，没什么新鲜的。

就像当排球比赛裁判一样，他也担任过网球裁判。一次，在克里米亚一家为政府官员开设的疗养院里，他发现自己做裁判的比赛里有谢罗夫将军，此人后来成了克格勃的头头。每次将军为触网或出界争辩时，他都为自己拥有暂时的权威而感到高兴。“不要跟裁判争论。”他会这样下命令。这是少数他喜欢的跟权力交流的方式。

他是否天真？当然了。但那时，他已经变得如此习惯于威逼恐吓和恶言羞辱，对表扬和客气话，也就不像本应该的那样充满怀疑了。当玉米棒子尼基塔谴责个人崇拜时，当斯大林的错误被承认、他的一些受害者在死后被平反时，当人们开始从劳改营回来时，当《伊凡·杰尼索维奇的一天》[1]被出版时，男女老少怎么可能不重燃希望？不管政治路线的改变通常只是意味着打击对手，不管索尔仁尼琴的小说在他看来是粉饰现实，真相还要糟糕十倍：就算这样，男女老少怎么可能不重燃希望，相信新统治者会比旧的好？

而当然，就是在这一点上，攫取的手伸向了他。德米特里·德米特里耶维奇，看，世事已如何改变，你如何被戴上了荣誉的花环，装点国家的门面，我们如何让你作为苏联大使，去国外领奖和领取学位——看到了吧，我们是多么看重你！我们给了你乡间别墅和司机，让你满意，你还需要什么别的吗，德米特里·德米特里耶维奇，再来一杯伏特加，不管我们碰多少次杯，你的小汽车都会等着。在总书记的领导下，生活好多了，你不同意吗？

无论怎么衡量，他都不得不同意。确实是更好了，这

---

1 索尔仁尼琴的中篇小说，1962年首次刊登在《新世界》杂志上。小说描绘了杰尼索维奇在苏联劳改营中的生活。这篇小说的出版是苏联文学史上有转折意义的重大事件。

么说吧，对被单独囚禁的犯人来说，这样的生活肯定是一种改善，他有了狱友，被允许爬上栅栏呼吸秋天的空气，而且如果看守不再往他的汤里吐口水——至少，不当着他的面。是的，这么来看是好多了。德米特里·德米特里耶维奇，这就是他们把你拥抱入怀的原因。我们都记得，在个人崇拜时期，你成了牺牲品，但是他们已经做出了卓有成效的自我批评。更幸福的时代来到了。因此我们都乐于听到你承认他们已经改变了。这要求不高，对不对，德米特里·德米特里耶维奇？

德米特里·德米特里耶维奇。很多年前，他的父母在被一个霸道的牧师说服之前，打算给他起名为雅罗斯拉夫·德米特里耶维奇。你可以说，他的父母在自家屋顶下，表现出了良好的礼貌和得体的虔诚。或者你可以说，他是在怯懦的星光下被生了下来，或至少被洗了礼取了名。

*

他们选来让他跟权力进行的第三次也是最后一次对话的，是彼得·尼古拉耶维奇·帕斯佩洛夫。他是俄罗斯联邦中央委员会办公厅的成员，40 年代党的主要理论家，

《真理报》的前主编，特罗申同志辅导他时推荐书目其中之一的作者，他没读这本书。这是一张貌似可信的脸，纽扣眼上别着他六枚列宁勋章中的一枚。在成为赫鲁晓夫的重要支持者之前，帕斯佩洛夫曾是斯大林的重要支持者。他能流畅地讲述斯大林是怎样战胜托洛茨基的。现在斯大林过气了，历史的车轮再转一会儿，玉米棒子尼基塔也将不受欢迎；再之后，或许斯大林和斯大林主义，将会回来。这个世界的帕斯佩洛夫们，就像郝连尼科夫们一样，在每个变化到来之前就能感知到，他们会把耳朵贴近地面，眼睛盯着最有利的时机，潮湿的手指伸入空中，领会任何风向的变化。

但这没有关系。问题在于，帕斯佩洛夫成了他与权力的最后的，也是最具毁灭性的对话的谈话对象。

“我有个好消息。”帕斯佩洛夫把他拉到一边，向他宣布，这是在某个招待会上，因为他们一直邀请他，他只好参加。“尼基塔·谢尔盖耶维奇私下里宣布了一个提议，要让你当俄罗斯联邦作曲家协会理事会的主席。”

“这荣誉太过了。”他本能地回答。

“但这是总书记的决定，你不可能拒绝。”

“我配不上这样的荣誉。”

“你的价值也许不能由你来判断。这方面尼基塔·谢尔盖耶维奇比你更有发言权。”

“我不可能接受。”

“好了，好了，德米特里·德米特里耶维奇，你在全世界都获得了很高的荣誉，我们很高兴你都接受了。所以我不明白，你怎么能拒绝自己祖国授予你的荣誉呢。”

“很遗憾，我没有这么多时间。我是个作曲家，不是主席。”

“这只会占用你很少的时间。我们会注意的。”

“我是个作曲家，不是个主席。”

“你是在世作曲家里最伟大的一位。每个人都这样承认。你的艰难岁月已经过去了。这就是为什么这件事这么重要。”

“我不敢苟同。”

“德米特里·德米特里耶维奇，我们都知道，在个人崇拜时期，你未能幸免。不过，虽然如此，恕我冒昧，你还是比绝大多数人更受保护。”

“我可以向你担保，不是因为那个原因。”

“这就是为什么你接受主席之职如此重要。证明个人崇拜时代已经结束了。说得更直白些，德米特里·德米特里耶维奇，如果要确保在总书记领导下出现的这些变化，就需要公开声明和公开任命来支持，比如现在对你的提议。”

“我一直乐意在公开信上签名。”

“你知道，我要的不是这个。”

“我毫无价值。”他重复道，然后补充，“我什么也不是，只是总书记身边的一条蛆虫。”

他怀疑帕斯佩洛夫听不懂这样的暗示，他的确半信半疑地偷笑着。

“德米特里·德米特里耶维奇，我确信，我们能克服你谦虚的天性。不过我们可以另找时间再谈。”

每天早上，他会背诵两首叶夫图申科[1]的诗代替祈祷。一首是《职业生涯》，描绘了权力阴影下的生活：

在伽利略的时代，一个科学家同行
并不比伽利略笨。
他很清楚地球是旋转的，

1 叶夫根尼·叶夫图申科（1933—2017），苏俄诗人、小说家、散文家、剧作家，解冻时期非常活跃。

但他还有一大家子要养活。

这一首谈的是良心和忍耐：

但是时间会有办法来证明
最顽强的才是最聪明的。

这是真的吗？他从来不是很确定。诗歌结尾指出了抱负和艺术坦诚之间的区别：

因此我将继续我的职业生涯
靠尽量不去逐求一个。

这些诗句既安慰了他，也质疑了他。撇开他所有的焦虑、恐惧和列宁格勒式的礼貌，他本质上是一个坚强的人，他努力在音乐中追求他看见的真实。

但《职业生涯》本质上是关于良心的；他自己的良心就在谴责他。毕竟，良心有什么用，除非它像舌头搜索牙齿的蛀洞，能找出那些虚弱、两面派、怯懦和自欺欺人的地方。如果说他总是怀疑口腔出了什么问题，每两个月就去看一次牙医，那么他基本上每天都要检查一下良心，因为他总是怀疑自己的灵魂出了问题。他有很多要谴责自己的地方：疏忽之举、不合格的行为、喜欢妥协、向恺撒纳贡。有时，他觉得自己既是伽利略，也是他的科学家同行，那个有很多张嘴要养活的人。他已经尽本能地勇敢了，但良心总是坚持说他还可以展现出更多的勇气。

在之后的几个星期里，他希望也试着避开帕斯佩洛夫，但有天晚上，帕斯佩洛夫又向他走来，带着闲聊、伪善和倒满的酒杯。

“那么，德米特里·德米特里耶维奇，你仔细考虑过那件事了吗？”

“哦，我告诉过你的，我确实毫无价值。”

“我已经向尼基塔·谢尔盖耶维奇递过话，说你同意认真考虑一下主席的职位，我告诉他，你犹豫不决只是出于谦虚。”

他停顿了一下，心想这是对他们之前谈话的曲解，但帕斯佩洛夫却急不可待。

“好了，好了，德米特里·德米特里耶维奇，过度谦虚就变成骄傲啦。我们期望你接受呢，你会接受的。当然，我们都知道，这件事不是关于俄罗斯联邦作曲家协会理事会主席职位的。所以，我完全理解你的犹豫不决。但我们都同意，现在时机已到。”

“什么时机已到？”

“这么说吧，你不入党，就不能当协会主席。这违反宪法原则。你当然知道这一点。这就是你为什么犹豫了。但我可以向你担保，在你面前不会有任何障碍。就是在申请表上签个字。其余的我们来办。”

他感到，好像所有的呼吸都突然消失了。怎么会这样？为什么他没预见到会这样？

在做出回答前，他努力让自己平静下来，但即便如此，他还是脱口而出：

“彼得·尼古拉耶维奇，我真的一无是处，非常不适合。我缺乏政治素质。我得承认，我从未真正领会基本宗旨。事实上，他们曾经为我指定过一个辅导老师，特罗申同志，我认真地阅读了他们提供的所有书籍，我记得，其中还有您的一本，但是我基本没什么进步，恐怕还得等待，一直到我准备得更好。”

“德米特里·德米特里耶维奇，我们都知道那一不幸的——恕我冒昧——不必要的政治老师指派。这是对你人格的侮辱，也是个人崇拜时期生活的特色。有越来越多的理由证明时代已经变化了。现在，在尼基塔·谢尔盖耶维奇的领导下，我们都能更自由地呼吸了。总书记还年轻，他的规划会延续很多年。你能向人民展现你支持这些新的道路，这种新的呼吸自由，对我们来说很重要。”

那一刻他确实感到了一点呼吸的自由，便伸手去拿来另一种防御手段。

“事实是，彼得·尼古拉耶维奇，我有某种宗教信仰，在我看来，它和党员身份很不相容。”

“你有信仰，那么多年只有你自己知道，这很明智，你当然很明智。不过既然别人都不知道，那就不是什么需要克服的问题。我们不会派一个辅导老师来帮你解决这个……我该怎么说，老派的怪癖。”

“谢尔盖·谢尔盖耶维奇·普罗柯菲耶夫是个基督教科学派教徒。”他在沉思中回答。意识到这么说不够恰当，他便问：“你的意思不是你们打算重新开放教堂吧？”

“不，德米特里·德米特里耶维奇，我不是这个意思，但毫无疑问，现在我们身边的气氛很惬意，谁知道不久后就可以自由讨论什么呢。可以和我们著名的新党员自由讨论。”

“但是，”他答道，改变话题，从神圣的层面转到了具体的层面，“但是，如果我说错了，请纠正我，还是没有完全的理由说明为什么协会主席必须是党员。”

“如果情况不是如此，那是不可想象的。”

“然而，康斯坦丁·费定和列昂尼德·索博列夫都是作家协会的高层，他们都不是党员。”

“确实。但是，听说过费定和索博列夫的人，能跟听说过肖斯塔科维奇这个名字的人相比吗？这不用争论。你是最有名的，是我们作曲家中声望最高的。你当了协会主席却不入党，那不可想象。尤其在尼基塔·谢尔盖耶维奇已经为苏联音乐的未来发展制订好了计划的情况下。”

嗅出了逃脱的可能，他问道：“什么计划？我从没看到过他关于音乐的计划。”

“当然没有。因为你将被邀请去帮助委员会构想它们。”

“你们禁了我的音乐。”

“你的什么音乐被禁止了，德米特里·德米特里耶维奇？原谅我不知道……”

“《姆钦斯克县的麦克白夫人》。它在个人崇拜时代被禁，现在个人崇拜被推翻了，它又被禁了。”

“好吧，”帕斯佩洛夫安慰道，“我可以想见这有些难度。但让我们像讲求实际的人一样说话吧。对你来说，你的歌剧能上演，这是最好的办法，最可行的办法。在这个世界上，你必须给出一些东西，才能得到一些东西。”

此人的圆滑激怒了他。于是他只好拿出最后的争辩。

“好吧，让我像个讲求实际的人一样回答你。我一直在说，我永远不会加入你们。这也是我生活的基本原则之一。”

帕斯佩洛夫不会错过一个反击的机会。“这恰恰是我的观点，德米特里·德米特里耶维奇，我们已经改变了。相反，个人崇拜时期的受害者正在恢复正常的生活。那些被清洗的人恢复了名誉。我们需要让这样的工作继续下去。反对阵营的力量始终存在，不能掉以轻心。这就是为什么我们想要你的帮助，希望你加入到进步的阵营中来。”

他筋疲力尽地离开了。然后，就有了另一次会面。然后又一次。似乎无论他出现在哪里，都会碰见帕斯佩洛夫，拿着酒杯向他走来。这个人甚至停留在他梦里，永远在用平静理性、然而会让他发疯的声音说话。除了不被打扰，他还希求什么呢？他向格利克曼吐露心声，但没有对家人说。他酩酊大醉，无法工作，神经被撕碎。一个人在生活中能忍受的，是有限度的。

1936 年；1948 年；1960 年。每隔十二年，他们就会来找他。当然，每一次都是闰年。

“他无法心安理得。”这只是一句俗话，但很准确。在权力的压迫下，自我破碎了，分裂了。公开的怯懦和私下的英勇共生。或反之亦然。或者，更常见的是，公开的怯懦和私下的怯懦共生。但这太简单了：斧起斧落，人的思想一劈为二。更确切的是：一个人碾碎成万片，徒劳地想要记起它们——他——曾是一个怎样的整体。

他的朋友斯拉瓦·罗斯特罗波维奇认为，越是伟大的艺术天才，越经得起迫害。也许这对其他人来说是真的，对斯拉瓦来说就是如此，不管什么情形，他都是乐观主义者。但他年轻，不知道之前的几十年是什么情况。不知道你的灵魂，你的神经，破碎了是什么样。一旦神经消失，你不可能像小提琴琴弦一样换根新的。你灵魂深处的某些东西不见了，剩下的只有，只有什么？一种策略上的狡猾，一种扮演出世艺术家的能力，一种不惜任何代价保卫你的音乐和你的家庭的决心。好吧，他最后想——在一种耗干了活力、耗干了决心的心绪中，都不能称之为心绪——也许这就是今天的代价。

于是，他向帕斯佩洛夫屈服了，就像垂死的人向牧师屈服了。或者一个叛徒，伏特加喝得晕乎乎的，向开枪的行刑队屈服了。当然，当他在那份放在他面前的文件上签字的时候，他考虑过自杀；但既然他早已精神自杀了，肉体自杀又有什么意义呢？这甚至都不是缺乏勇气去买药片，藏起来，再吞下去的问题。到了现在这个节骨眼上，他甚至缺乏自杀所需要的自尊。

不过，他还有足够的怯懦可以逃开，就像在靠近尤尔根森的小屋时，小男孩挣脱了母亲的控制。他签署了申请书，然后逃去了列宁格勒，躲到了姐姐那里。他们能拥有他的灵魂，但拥有不了他的身体。他们可以宣布这位著名的作曲家证明自己是条真正的蛆虫，来帮尼基塔这个玉米棒子开展他那些关于苏联音乐未来的美妙创意，尽管这些创意还没有成形。但他们能在他不在的情况下，宣布他道德上的死亡。他将在姐姐那里一直待到这件事情结束。

然后。电报来了。将在某某日子在莫斯科宣布官方声明。不仅是请求他在场，而且是要求他必须在场。不怕，他想，我会留在列宁格勒，如果他们想要我去莫斯科，他们必须把我五花大绑拖到那里去，像一袋洋葱那样运过去。

天真啊，就像那些受到惊吓的兔子一样天真。他发去一封电报，说身体不舒服，很遗憾不能参加仪式了。他们答复，会一直等到他康复再宣布。当然，这时候，消息已经放了出去，传遍了莫斯科。朋友们打来了电话，记者们打来了电话：两样他更害怕哪样？就这样，人无法逃避命运。就这样，他回到了莫斯科，宣读了另一份准备好的声明，然后他的请求被批准了。看上去就像政府终于决定喜欢他了；他从来都没感觉到有比这更湿冷的拥抱。

他和妮娜·瓦西里耶芙娜结婚的时候，太害怕了，都没有事先告诉他的母亲。而现在，他太害怕了，都没有事先告诉他的孩子们。他的生命之路就是怯懦之路，笔直而真实。

就这样，他是个懦夫。就这样，他就像一只被放在轮子上转来转去的松鼠。就这样，他把所有残存的勇气放进了音乐，把怯懦放进了生活。不，这实在太……轻巧了。说“哦，对不起，但你明白，我是个懦夫，我真的没任何办法，阁下，同志，伟大领袖，老朋友，妻子，女儿，儿子”会让事情没那么复杂，但生活总是拒绝简单。譬如，他害怕的是斯大林的权力，不是斯大林本人：不管是他打来的电话，还是他本人。又譬如，有些事他能为别人求情，却从不敢为自己求情。有时他会为自己感到惊讶。所以，也许他也不是完全无药可救。

但是当一个懦夫并不容易。做一名英雄要比当懦夫容易得多。做一名英雄，你只需勇敢一时——在你拿起枪、投出炸弹、按下引爆器，与暴君同归于尽时。但当懦夫，就是一生的事业。你永远不得消停。你将不得不为自己找理由，颤抖，畏缩，重新闻到橡胶靴子的气味，再次看见一个堕落的、可鄙的自己，这就是预料之中的下一次的情形。成为懦夫需要执拗，需要固执，需要拒绝改变，某种程度上来说，做到这一点，需要某种勇气。他对自己微笑，点起另一支香烟。反讽的快乐还没有遗弃他。

德米特里·德米特里耶维奇·肖斯塔科维奇加入了他们。这不可能，因为根本不可能，少校看见长颈鹿时说。但这是可能的，事实就是如此。

他一直热爱足球，爱了一辈子。很久很久以前，他就梦想着给足球比赛写一首颂歌。他是个合格的裁判员。他专门有个笔记本，记录整个赛季的比赛结果。年轻时他支持迪纳摩队，有一次飞了几千英里去第比利斯，就为了看一场比赛。这就是问题所在：当事情发生时，你必须在场，被疯狂和尖叫的人群所包围。如今，人们在电视上看足球赛。对他来说，这就像用矿泉水代替红牌伏特加一样不够劲。

足球是纯粹的，这是他最初喜欢上它的原因。这是一个由诚实的奋斗和美丽的瞬间组成的世界，裁判口哨一吹，立刻决定对错。它看上去总是远离权力、意识形态、空洞的语言，远离对人类灵魂的剥夺。但年复一年，他慢慢意识到这只是他的幻想，只是他对这一运动的感情用事，把它理想化了。权力也利用足球，就像它利用其他一切事物一样。因此，如果这个社会是世界历史中最好的、最高级的形态，那么足球就应该要反映出这一点。如果它不能总是表现为最好，那么至少应该比那些背弃了既定道路的国家要好。

他记得，在 1952 年赫尔辛基奥运会上，苏联和南斯拉夫比赛，那个国家是修正主义者、盖世太保恶棍铁托的领地。但令人惊讶和沮丧的是，南斯拉夫 3 比 1 赢了。他在科摩罗瓦的晨播里听到了这一比赛结果，所有人希望他为之沮丧。但他没有，而是冲到了格利克曼的乡间别墅，跟他一起干掉了一瓶干邑白兰地。

但对比赛来说，不仅仅事关赛果；它里面包含了某种典型的污秽，这种污秽渗透了一切。巴沙什金和博布罗夫：都年近三十，是球队的中坚。阿纳托利·巴沙什金是队长和中场，弗谢沃洛德·博布罗夫前三场比赛里进了五个球，是个迅捷的射手。在和南斯拉夫的比赛中，对方的一个进球是巴沙什金的乌龙，这是事实。而博布罗夫，在赛场上，也在比赛后，冲着他大叫：

“铁托的走狗！”

所有人都为这句话喝彩，要是这一谴责的后果没有人尽皆知，要是博布罗夫不是斯大林儿子瓦西里最好的朋友，那不过就是一句愚蠢可笑的话。铁托的走狗对阵博布罗夫这位伟大的爱国者。这一象征姿态让他厌恶，正派的巴沙什金被撤销了队长职务，而博布罗夫成了国家的体育英雄。

这就是问题所在：对那些在场的人，对年轻的作曲家和钢琴家，对乐观主义者、理想主义者和洁身自好者来说，当德米特里·德米特里耶维奇·肖斯塔科维奇的申请被批准时，他看上去像什么？赫鲁晓夫的走狗？

司机冲一辆看上去朝他们歪歪扭扭开来的汽车摁了摁喇叭。那辆车也回摁了喇叭。这两个声音产生不了任何东西，只是一对机械的噪音。但从大部分声音的连接、配合中，他都能创造出某些东西。他的《第二交响曲》就包含了工厂汽笛发出的四声升 F 调长鸣。

他喜欢自鸣钟。他有不少，喜欢想象家里所有钟一起鸣响。然后，到了整点，响起了动听的和声，就像以前俄国城镇里所有教堂钟声一起鸣响那样，这是它的家庭室内版。假想一下它们曾经这样响起。也许，在俄国，一半响晚了，一半响早了。

他的莫斯科公寓里有两个钟，会精确地在同一时间敲响。这不是运气。他会在准点前一两分钟打开无线电。加莉娅会在餐厅，打开时钟的门，一手捏住钟摆。他会在他的书房，对书桌上的钟做同样的动作。当时间信号响起来时，他们两个人都会松开钟摆，然后两个钟就同步了。这种有序，让他有了定期的快乐。

一次，他以客人身份，在英国剑桥拜访英国前任驻莫斯科大使。这个家庭也有两个自鸣钟，但钟声响起的时间会差一两分钟。这让他感到烦恼。他提议校正它们，使用他和加莉娅一起想出来的法子，让它们同步。大使礼貌地表示了感谢，但说他更愿意时钟各自响起：如果没太听清第一次，你知道另一个不久也会响起，就可以确定到底是三点还是四点了。不错，他当然明白这一点，但这还是让他烦扰不已。他想让事情和谐共处。这就是他的本性。

他也喜欢枝形吊灯。装上真的蜡烛，而不是电灯泡的枝形吊灯；每一支蜡烛都闪着火苗。他喜欢为它们做准备：保证每支蜡烛都笔直，事先点燃烛芯，然后吹灭它们，这样到了重要时刻，重新点燃就会变得容易。在他的生日，每朵火苗代表他人生的每一岁。朋友们知道带什么礼物是最好的。一次，哈恰图良给了他一对闪亮的枝形烛台：青铜做的，有水晶吊饰。

*

所以，他是一个喜欢自鸣钟和枝形吊灯的人。伟大的卫国战争之前他就有一辆私人汽车。他有一个司机和一座乡间别墅。他一辈子都有仆人。他是一个共产党员，社会主义劳动英雄。他住在涅智达诺夫大街作曲家协会大厦的七层楼上。自从他成为俄罗斯联邦代表后，他只给本地的电影院经理写过一张条子，替马克西姆要了两张马上能到手的免费电影票。他可以进为达官要人开放的特供商店。他是斯大林七十周年诞辰委员会的成员。党关于文化事务的政策文件上经常会出现他的签名。他会出现在和政治精英亲密接触的合影中。他仍然是俄罗斯最著名的作曲家。

那些懂他的人，理解他。那些有耳朵的人，能听懂他的音乐。但是对那些不理解他的人，那些想要理解世界是怎样运作的年轻人，他是个什么样子的人呢？他们怎么能不对他说三道四呢？而他，在那个年轻的自己眼里，如今又是什么样呢？在站在路边的年轻的自己的眼里，他就是坐在飞驰而过的公家车里那张茫然的脸。也许，这就是我们生活的悲剧情节之一：当我们变老时，我们注定变成了我们年轻时最鄙视的人。

他按指示参加了各种会议。在没完没了的报告中，他任思绪流转，只在别人鼓掌的时候也鼓一下掌。有一次，一个朋友问他，为什么在郝连尼科夫猛烈抨击他的报告中鼓掌。朋友以为他是在反讽，或许是自嘲。但真相是他没在听。

*

那些不了解他的人，那些只是隔了距离听他音乐的人，大可以说，帕斯佩洛夫代表权力提出的那份交易，权力说到做到了。德米特里·德米特里耶维奇·肖斯塔科维奇被接收进了权力的神圣殿堂，不到两年，他的歌剧——现在重新起名为《卡捷琳娜·伊斯梅洛娃》——获得了批准，在莫斯科首演了。《真理报》假惺惺地评价道，在个人崇拜时期，作品受到了不公正的诽谤。

其他作品也接踵在家乡和海外上演。每次，他都会想象，要是他的作曲生涯没有被毁，他会写出什么样的歌剧。也许不仅会写出《鼻子》，还会写出果戈理的其他所有作品。或者至少是《肖像》，这部作品让他心醉神迷，难以忘怀。故事说的是一个年轻的天才画家，名叫查尔特科夫，他把他的灵魂卖给了魔鬼，以交换一袋金币：一个浮士德式的约定，为他带来成功，让他大受欢迎。他的生涯和一个学艺术的同学形成了对照：这个伙伴很早以前就去意大利工作和学习，他的正直和他的无名相得益彰。当他最后从海外归来时，只展出了一幅画；但还是让查尔特科夫的所有作品都相形见绌——而查尔特科夫心下了然。这个故事几乎带着《圣经》般的寓意："拥有天赋的人，灵魂必须比任何人都要纯粹。"

在《肖像》中，很清楚只有两条路可选：正直或堕落。正直就像贞操：一旦失去，再无补救。但在真实的世界里，尤其是他经受的这个极端的世界，情况并非如此。还有第三种选择：正直并堕落。你可以既是查尔特科夫，又是他道德羞愧的另一个自我。就像你可以既是伽利略，同时又是他的科学家同行。

*

沙皇尼古拉一世统治的时代，一次，一个轻骑兵诱拐了将军的女儿。不知更糟还是更好，他真的娶了她。将军向沙皇抱怨。尼古拉如此解决了问题：首先，他宣布婚事无效；接着，女孩的贞操被官方恢复。在大象的祖国，什么都有可能。但即便如此，他并不认为有一个统治者，或者一个奇迹，能恢复他的贞操。

回过头看，悲剧就像闹剧。他总是这么说，也总是这样相信。他自己的情况并无二致。他有时候觉得，他的生活和其他许多人的一样，也和他国家的一样，是一场悲剧；

主人公只有自杀，才能摆脱无法忍受的困境。只是他没有这样做。不，他不是莎士比亚笔下的人物。现在，他活得太久了，甚至已开始看见自己的生活成了一场闹剧。

关于莎士比亚：回过头来看，他觉得莎士比亚并没有错。因为他的暴君承受着羞耻、噩梦、懊悔，因此他认为英国人都是有情感的。现在，他见多了生活种种，被时代的噪音变成了聋子，他觉得莎士比亚很有可能是对的，说的是实话：不过只是就他的时代而言。在世界还更年轻的时候，当神秘和信仰还当道的时候，很有可能魔鬼也许也有良心。但再也不是了。世界在前进，变得更科学，更实际，很少再被古老迷信控制。暴君也在进化。也许良心不再有进化功能，因此被剔除了。如果能穿透现代暴君的皮肤，一层一层地深入，你会发现肌理没有变化，包裹在内的冷酷更加冷酷了；找不到良心可以深藏的洞穴。

入党两年后，他又结婚了：和伊琳娜·安东诺夫娜。她父亲是个人崇拜时期的牺牲品；她本人在一家孤儿院长大，那里专门收养国家公敌的孩子；现在她在音乐出版机构工作。有些小小的障碍：她才二十七，只比加莉娅大两岁，而且已经嫁过一位老人了。当然，像前两次婚姻一样，第三次也是一时冲动，偷偷摸摸的。不过，这一次对他来说是全新体验，他的妻子既爱音乐，也爱家庭生活，既惹人怜爱，又务实能干。他变成了一个害羞而温柔的妻管严。

他们承诺过不来烦扰他。但他们从来不放过他。权力继续在跟他说话，但不再是对话，只是单方面的、基本上每天都会发出的诉求：甜言蜜语、哄劝欺骗、唠唠叨叨。如今，午夜响起的门铃声不再意味着内务委员会或克格勃或内务部，而只是一个送信的，小心翼翼地给他送来了一篇他写好的文章，将在第二天的《真理报》刊出。当然，不是他写的，但需要他的签名。他甚至看都不看一眼，草草签上自己名字的缩写。同样的，《苏维埃音乐》上也有很多署在他名下的、博学一些的文章。

“但是，等他们把你的文章编纂成集时，德米特里·德米特里耶维奇，这意味着什么？”“这意味着它们不值一读。”“但普通人会被误导。”“对已被影响的普通人来说，我会说，一篇据称是由作曲家所写，但实际上不是他写的音乐评论文章，到底是谁写的无关紧要。在我看来，如果我看一遍，做出一些修改，那是更大的妥协。”

但还有比这更糟的，糟糕得多。他签署了一封龌龊的公开信，是针对索尔仁尼琴的，即便他很敬佩这位小说家，总是不断地重读他的作品。接着，几年后，是另一封谴责萨哈罗夫[1]的龌龊信。他的签名出现在哈恰图良、卡巴列夫斯基，当然，还有郝连尼科夫这些名字的旁边。他心里，部分希望没有人会相信，也没有人可能相信，他会真的同意信上所说的。但人们相信了。朋友们和音乐家同行们拒绝和他握手，不理睬他。讽刺是有限度的：你不能一边在信上签字，一边捂住鼻子，或背着手，相信别人会认为你并不当真。就这样，他背叛了契诃夫，在揭发信上签了名。他也背叛了他自己，背叛了其他人仍然对他怀有的好评。他活得太长了。

他还认识了人类灵魂的毁灭。是的，生活不是在田野上漫步，就像诗句所说。灵魂可以被以下三种方式摧毁：被别人对你做的事；被别人逼你对自己做的事；被你自愿选择对自己做的事。任何一种就足够了；尽管如果三种方式同时出现，那结果就不可避免。

1 安德烈·萨哈罗夫（1921—1989），苏联核物理学家，因持不同政见，反对核武器扩散，遭到抵毁和镇压。

*

他认为，他的生活是十二年厄运一轮回。1936年，1948年，1960年……再十二年就是1972年，不用说，又是一个闰年，因此，他有信心，他该在这一年死了。当然，他在尽力而为。他的健康状况总是很差，衰弱到不能爬楼了。他被禁烟禁酒，这种禁令本身就足以杀死一个人。吃素的权力也在努力帮忙，命令他从国家的一头跑到另一头，去参加首演，去接受荣誉。因为肾结石，他在医院度过年关，还因为肺部囊肿享受了放射疗法。作为一个废人，他不以受苦为意；让他烦恼的，与其说是自己的身体状况，不如说是人们对此的反应。同情就像以前的赞美一样让他尴尬。

然而，他好像搞错了：1972年的厄运不是想让他死，而是让他继续活着。他尽力了，但生命跟他还没完。生命就像那只拽着鹦鹉尾巴把它拖下楼的猫；他的脑袋撞到了每一级楼梯。

当这些岁月都过去时……如果真的会过去，那么至少两千亿年过去了。总是在批判资本主义的内在矛盾，这一矛盾将肯定地、合乎逻辑地导致它的崩溃。然而资本主义仍然存在。任何有眼睛的人都会意识到制度的内在矛盾；但谁知道，它们是否足以让它倒塌。他能确定的，就是当——如果——这一切结束时，关于发生了什么，人们会需要一个简化版本。好吧，这是他们的权利。

*

一个听，一个记，一个饮——就像谚语所说。他不觉得他会停止喝酒，不管医生怎样建议；他不能停止倾听；最糟糕的，不能停止记忆。他因此希望记忆能够随意脱开，就像让车挂上空挡。这是司机习惯做的事情，要么是在山顶，要么是在到达极限速度时：他们会挂空挡滑行来省油。但他永远无法这样处置记忆。他的大脑顽固地给他的失败、耻辱、自我厌恶和那些糟糕的决定留出地方。他只想记住他选择的事物：音乐、塔尼娅、妮娜、他的父母、真正可信赖的朋友、加莉娅和猪玩耍、马克西姆模仿保加利亚警察、一个漂亮的进球、笑声、欢乐、他年轻妻子的爱。他的确记得所有这些事，但它们常常被那些他不想记住的事情所覆盖，所缠绕。这种不洁、这种对记忆的腐蚀，折磨着他。

晚年，他的痉挛和怪癖加剧了。和伊琳娜在一起时，他能平静地坐着；但如果让他到讲台上、官方的集会上，甚至处在一群完全同情他的人中间，他几乎待不住。他会抓头，托住下巴，把食指和小指使劲戳进脸颊肉里；像个等着被逮捕的人一样抽搐，坐立不安。当听到自己的音乐时，他有时会捂住自己的嘴，好像在说：不要相信我嘴里说出来的，只用相信进入你耳朵里的。或者他会用指尖抓挠身子：好像掐一掐自己，看是不是在做梦；或者，像是在抓挠突然出现的蚊子包。

*

他的父亲常常出现在他的脑海里，他的名字就是听话地取自他的名字。那个温和幽默的男人，每天早上醒来时脸上都带着微笑：他曾经是“一个乐观的肖斯塔科维奇”，如果曾经有这样一个人。德米特里·勃列斯拉夫维奇总是在他儿子的记忆里浮现，手上在玩游戏，嗓子里传出歌声；从他的夹鼻眼镜中凝视着一副扑克或一套金属解扣；叼着烟斗；看着孩子长大。这个人没有活得久到让人失望，或久到生活让他失望。

“花园里的菊花早已凋谢……”后面呢？后面是什

么？对，“但爱还在我病弱的心里萦绕”。儿子笑了，但不是像他父亲那样笑。他有另一种病弱的心，已经发作了两次。第三次就要来了，因为他现在已经能认出警报信号：喝伏特加已经不再带来愉悦了。

他父亲死于他遇见塔尼娅的前一年：是这样，是吗？塔季扬娜·格利文科，他的初恋，她告诉他，她爱他，因为他纯洁。他们一直保持着联系，在迟暮岁月里，她总是说，要是他们早几个礼拜在疗养院认识该多好，他们的生活进程会截然不同。那样，等他们分开时，他们的爱已经牢固地建立起来了，怎样都铲除不了。这是他们的命运，他们错过了，被日历本给骗了。也许吧。他知道人们多喜欢在回忆中夸大早年经历，执念于当时不假思索做出的选择和决定。他还知道，“命运”不过与“就这样”同义。

尽管如此，他们依然是彼此的初恋，他还是认为在阿纳帕的那几个星期是一曲田园牧歌。尽管田园牧歌只有在结束后才成为一曲牧歌。在朱哈瓦乡间别墅，装了一部电梯，好让他直接从门厅回到卧室。然而，这是在苏联，法律和规章坚持认为一部电梯，即使是在私人家里，也只能由一个合格的电梯操作员来操纵。伊琳娜·安东诺夫娜一直把他照顾得很好，但对此又能怎么办？她只好上了一所职业学校，一直学习，直到最后获得文凭。谁想到过，他的命运就是跟一位合格的电梯操作员结婚呢？

他不是在塔尼娅和伊琳娜、在最初的恋人和最后的恋人之间做比较；这不是问题的关键。他喜欢伊琳娜。她尽了全力让他感到一切都可以忍受，都令人愉快。只是他生活的可能性已经大大降低了。相反，在高加索时，他生活的可能性无可限量。但这正是时间对你做的事。

当他在阿纳帕和塔尼娅建立关系前，他的《第一交响曲》在哈尔科夫公共花园里上演了。客观来说，这是一场灾难。弦乐听上去很单薄；钢琴都没法听；定音鼓压住了一切；领奏的巴松管糟糕得让人难堪，而指挥却洋洋自得；刚开始时，全城的狗都加入了进来，听众发出笑声。然而，这次演出却被宣布为巨大的成功。无知的听众久久地大声鼓掌；洋洋自得的指挥接受了赞美；乐队保持着胜任演奏的幻觉；同时作曲家被要求登台，一次次向所有观众鞠躬致谢。真的，他非常郁闷；同样真的是，他够年轻，能享受这样的反讽。

“一个保加利亚警察在绑他的鞋带！”马克西姆会这样向他父亲的朋友宣布。这个男孩喜欢恶作剧和开玩笑，喜欢弹弓和气枪；多年来他致力于让这个喜剧小品日臻完善。他会走出来，把鞋带放松，拿过一把椅子，皱着眉把它放在房间中央，慢慢将它移动到最佳位置。然后，做出一副浮夸的表情，用双手抬起右脚，架到椅子上。他东张西望，对这简单的成功非常满意。接着，用了一个观众一开始还不太明白的笨拙花招，他俯下身，完全不顾一只脚还在椅子上，开始给另一只平放在地上的脚绑鞋带。因为对结果很满意，他会换脚，将左脚抬到椅子上，弯下身去绑右脚的鞋带。当他做完这些动作，观众们大笑不已，他会站直了，几乎就是立正，仔细察看两只绑好鞋带的靴子，自顾自地点头，然后笨拙地把椅子放回原处。

他怀疑，人们会觉得如此有趣，不仅仅因为马克西姆是个天生的喜剧演员，也不仅仅因为他们喜欢保加利亚玩笑，而是还有别的更深一层的理由：因为这个小品是个如此完美的影射。用过于复杂的策略去达到一个最简单不过的结果；愚蠢；沾沾自喜；丝毫不为其他看法所动，一错再错。难道这一切没有在上千万人身上放大吗，没有反照出在斯大林权力的光芒照射下，事情成了什么样子吗？一个个数不清的小闹剧最后累积成了一场巨大的悲剧。

或者，我们另举一个形象，他孩提时代的形象：他们家在伊林诺夫卡的夏季公寓，那地方因为下面有煤炭矿脉而十分富裕。那所房子好像出自梦境或梦魇，房间很大，窗户很小，让大人们发笑，却让小孩子害怕战栗。现在他明白了，他生活了那么久的地方也是如此。就好像建筑师们在设计蓝图时，深思熟虑、一丝不苟、好心好意，却在最基本的地方犯了错误：他们把米当成了厘米，有时候又正好相反。结果这幢大厦造得完全不合比例，不适合人类的尺度。它给你梦想，也给了你噩梦，让每个人——大人和小孩——都感到恐惧。

那句话，是那些官僚和音乐理论家在审查他的《第五交响曲》时，煞费苦心想出来的，能很好地用在革命本身以及在革命中诞生的俄国身上：一出乐观的悲剧。

就像他无法控制他的思绪去回想，他也无法阻止它不断的、徒劳的审讯。人生的最后问题没有答案；这是这些问题的本质。它们只是在他脑海里哀号，就像那些升 F 调的工厂汽笛。

所以说：才华在你身体里面，就像被裹住的泥煤。你切下了多少？还有多少没有被挖掘？很少有艺术家只切下最好的部分；甚至有时都看不出它们的好。对他而言，三十多年前，他们筑起了一道铁丝网，警告牌上写着：不准跨过这里。谁知道在铁丝网后面有什么，或者可能有什么？

一个相关问题：一个好作曲家可以写多少坏音乐？以前，他以为他知道答案；现在，他毫无头绪。他为很多很差的电影写了很多很差的音乐。虽然，你能说，他的那些坏音乐让那些坏电影变得更坏了，反倒是为真理和艺术帮了忙。或者这只是诡辩？

他脑子里发出的最后的哀号，是关于他的生活，也是关于他的艺术的。那就是：在哪一刻，悲观成了荒芜？他最后的室内乐就是在说这个问题。他告诉中提琴手费约德尔·德鲁日宁[1]，他的《第十五弦乐四重奏》[2]的第一乐章，应

1 费约德尔·德鲁日宁（1932—2007），苏联中提琴家、作曲家、音乐教师，著名的贝多芬四重奏组的中提琴手。

2《第十五弦乐四重奏》是肖斯塔科维奇的最后一部弦乐四重奏作品。

该演奏得让“苍蝇倒毙在半空中，听众们太厌倦了而开始离座”。

他所有的生活都依赖于反讽。他想象这种品质是从日常之处诞生的：是从我们想象、或以为、或希望生活所是的样子，与它实际所是的样子之间的裂缝中产生的。因此反讽成了自我和灵魂的防御；让你可以日复一日地呼吸下去。你在信里写，某人是“一个了不起的人”，然后收信者知道说的是反话。反讽让你可以机械地模仿权力的行话，念出那些以你名义所写的毫无意义的报告，煞有介事地痛悔你的书房里没有斯大林的肖像，而在半掩的门后，你的妻子竭尽全力不让自己发出被禁的笑声。你欢迎新任命的文化部长，发表评论，说在音乐圈会出现非常可喜的进步，他们一直对他怀有最大的希望。你为你的《第五交响曲》写了最后一个乐章，相当于描绘一个小丑在对着一具尸体咧嘴傻笑，然后换上一张严肃的面孔倾听权力的反应：“瞧，你看他快乐地死去了，肯定是因为知道革命是正义的，必然取得胜利。”你内心部分相信，只要能依赖反讽，就能活下来。

例如，在他入党的那一年，他写了他的《第八弦乐四重奏》。他告诉朋友们，在他心里，作品是献给“一位作曲家的记忆”的。音乐当局显然会认为这是不可接受的自负和悲观。于是，最终，在发行的乐谱上，献辞是这样写的：“献给法西斯主义和战争的牺牲者们。”这无疑是一个巨大的进步。但他真正所做的，只是把单数改成了复数。

但是，他不再那么肯定了。那可能是装模作样的反讽，就像会有自鸣得意的抗议。一个农家孩子把一颗苹果核扔向一辆路过的汽车。一个喝醉的乞丐脱下裤子，朝那些可敬的人们露出光光的屁股。一个著名的苏联作曲家往一首交响乐或弦乐四重奏里塞进了微妙的嘲讽。无论动机，还是效果，这里面有差别吗？

他开始认识到，反讽，就像其他感觉一样，很脆弱，挡不住生活和时间中出现的意外。你一早醒来，不再知道你的舌头是否还在你的面颊里；就算还在，还有关系吗，别人会注意到吗？你想象你在发射紫外线，但因为它不在别人知道的光谱内，呈现不出来怎么办？他在他的第一大提琴协奏曲里加入了《苏利科》[1]的变奏，这是斯大林最喜欢

1《苏利科》是1895年格鲁吉亚诗人阿卡季·采列捷利写的爱情诗，后来由苏尔汉·津察泽谱曲。苏利科是男女皆可用的人名，意为灵魂。由于受到斯大林喜爱，这首歌在苏联时期得以流行。

的歌曲。但罗斯特罗波维奇一带而过，根本没注意到。如果连这样的暗示都不得不向斯拉瓦挑明，世上还有别的什么人会看出来？

反讽有它的局限。例如，你无法成为一个反讽的拷问者；或拷问的反讽的受害者。同样，你无法反讽地加入他们。你能真诚地加入，或者玩世不恭地加入：只有这两种可能。对外人来说，是哪一种都无所谓，看上去都很卑劣。他那个更年轻的自己，在路边，会看见汽车后座上那朵有些枯萎的向日葵，不再朝向斯大林体制的太阳，但依然向着光，依然被权力的光源所牵引。

如果你背对反讽，它会凝结成挖苦。但又有何益？挖苦是丧失了灵魂的反讽。

在他朱哈瓦别墅办公桌的玻璃板下面，是一张穆索尔斯基[1]的大照片，看上去虎背熊腰，满脸不悦：它督促他扔掉那些低劣的作品。在他莫斯科公寓办公桌的玻璃板下面，是一张世界上最伟大的作曲家斯特拉文斯基的大照片：它

1 穆索尔斯基（1839—1881），俄国作曲家，俄国民族乐派“五人组”成员之一。

督促他写出他能写出的最好的音乐。而他的床头柜，总是放着一张他从德累斯顿[1]带回来的明信片：上面是提香的《献金》。

法利赛人试图给耶稣下套，他问耶稣，犹太人是否要向恺撒交税。整个历史中，权力总是试图欺骗、颠覆那些让他觉得备受威胁的人。他本人一直在努力不落入权力的陷阱，但他不是耶稣基督，只是德米特里·德米特里耶维奇·肖斯塔科维奇。法利赛人给耶稣看恺撒的金色肖像，而耶稣对他的回复实际上模棱两可，却很有效——他并没有明说什么属于上帝，什么属于恺撒——但这句话他没法对自己说。“艺术的归艺术？”这是形式主义、自我中心的悲观主义、修正主义以及所有这些年来扔到他头上的其他主义的“为艺术而艺术”的信条。而权力对此的答复总是同样的：“跟着我说”。

就这样，他快要死了，可能在下一个闰年。然后，一个接一个，他们都会死去：他的朋友和敌人；那些理解在暴政下生活的复杂性的人，那些更喜欢看他成为烈士的人；

1 德累斯顿，德国萨克森州首府、第一大城市。

那些理解和热爱他音乐的人，还有一些仍然吹着《相逢之歌》的曲调却不知道它的作者是谁的老人。他们都会死去——除了，也许，郝连尼科夫是例外。

在他最后的岁月里，他越来越多地在他的弦乐四重奏里使用 morendo 这个标记："逐渐消失"，"就要逝去"。他也是这么标记自己的生命。是的，很少有生命是在最强音和主大调中结束的。也没有人死得正是时候。穆索尔斯基、普希金、莱蒙托夫——他们都死得太早。柴可夫斯基、罗西尼[1]、果戈理——他们应该死得更早一些；也许贝多芬也是如此。当然，这不仅仅是著名作家和作曲家的难题；普通人也是如此：这个难题就是，活得超过你的最佳生存长度，超过了那个临界点，之后生活再也无法带来快乐，相反，只有失望和可怕的事情发生。

所以说，他活得太长了，长得足以让自己沮丧。艺术家常常如此：要么屈服于虚荣，认为自己比实际的更伟大；要么屈服于失望。如今，他常常更倾向于认为自己是一个

1 罗西尼（1792—1868），意大利作曲家，历史上最受欢迎的歌剧作曲家。代表作有喜剧《塞维利亚的理发师》《阿尔及利亚的意大利女孩》《灰姑娘》等。

迟钝而平庸的艺术家。年轻时的自我怀疑，根本不能跟年老时的自我怀疑相比。而这，可能就是他们最终的胜利。不是杀死他，而是让他活着，通过让他活着，他们杀死了他。这就是对他生活的最后的、无可争辩的反讽：通过让他活着，他们杀死了他。

死之后呢？他感觉就像举起一只沉默的杯子，干杯说："希望不会有比这更好的事了！"如果死亡的到来就是从镶着耻辱的生活里解脱，他不指望事情会变得简单。看看发生在可怜的普罗柯菲耶夫身上的事情吧，他死后五年，当纪念的牌匾遍布莫斯科时，他的第一任妻子命令律师宣布作曲家的第二次婚姻无效。理由是什么？理由是 1936 年他回国后，谢尔盖·谢尔盖耶维奇就已经阳痿了。因此，他的第二次婚姻不可能"算实际完成"。而她，他的第一任妻子，便是他唯一合法的妻子，也是他唯一合法的继承人。她甚至要求医生宣誓，这个医生二十年前为谢尔盖·谢尔盖耶维奇做过检查，于是普罗柯菲耶夫的不举被确定为一个无可辩驳的事实。

但这就是发生的事情。他们回来掀开你的被单。嗨，肖斯蒂，你是喜欢金发碧眼，还是浅黑肤色的女人？他们会寻找任何一个能找到的弱点和污点。而他们也总是能找到些什么。关于形式主义，嚼舌根的、爱编故事的都有他们自己的版本，正如谢尔盖·谢尔盖耶维奇·普罗柯菲耶夫这么定义：任何我们没法子一开头就听明白的东西，很可能是邪恶的，令人厌恶的——这就是他们的态度。他们也希望这样看待他的生活。

至于他的音乐：他并不抱这样的幻觉，时间会将好东西从坏东西里挑拣出来。他看不出来，为什么后人就有能力比前人更会衡量品质，音乐是写给前人的。他对此太不抱幻想了。后人会称许后人称许的东西。他太了解作曲家名声的起起落落；有些人被不公正地遗忘了，其他一些却莫名其妙地不朽了。他对未来的谦卑希望是，“花园里的菊花早已凋谢”能一直让男人们流泪，不管是不是在一家廉价的咖啡店，唱得不怎么样的歌声从音质嘶哑的音箱里传来；同时，沿着道路往前，一个听众可能被他的某首弦乐四重奏默默打动；也许，在将来并不遥远的某一天，两拨听众会重叠，会交会。

他指示他的家人不要在意他的“不朽”。他的音乐应该是凭借它自身的价值而被演奏，而不是因为什么死后的运作。在那些围堵他的请愿者中，有一个某著名作曲家的遗孀。“我丈夫死了，我孤苦无依。”这是她不断反复说的话。她总是在告诉他，他只要拿起话筒，让这个或那个人演奏她已故丈夫的音乐就可以了。他照办了很多次，起初是出于同情和礼貌，后来只是想摆脱这个女人。但还是永远不够。“我丈夫死了，我孤苦无依。”就这样，他会再次拿起话筒。

但有一天，熟悉的话语激起了他心中的愤怒，比往常更愤怒。于是他严肃地答道：“是的……是的……约翰·赛巴斯蒂安·巴赫有二十个孩子，他们都在传播他的音乐。”

“正是如此，”寡妇表示同意，“所以他的音乐今天还在被演奏！”

他希望死亡能够解放音乐：将之从他的生命中解放出来。时间会过去，虽然音乐评论家会继续他们的争论，他的作品将开始只代表作品本身。历史就像传记，会逐渐褪色模糊：也许有一天，主义不过就是书本里的一个词语。那时候，如果它仍然有价值，如果仍然有耳朵能倾听，他的音乐会……仅仅只是音乐。这是一个作曲家所能希望的全部。音乐属于谁？他问过那个颤抖的学生，虽然答案就在质问者脑后的条幅上，用大写字母写得清清楚楚，那个姑娘还是答不上来。答不上来正是正确的答案。因为，说到底，音乐是属于音乐的。这是你能说的或你能希望的全部。

到现在，乞丐应该已经死了很久了，德米特里·德米特里耶维奇几乎立刻忘了他说的话。但那个历史忘记了他名姓的人还记得。他是那个搞清楚意思的人，那个懂了的人。他们在俄国中部，在战争中期，在所有在那场战争中受苦的人中间。那里有个长长的站台，日头刚刚升起。有个人，实际上是半个人，正用小推车推着自己，一根绳子穿过裤腰连在小车上。那两个乘客有一瓶伏特加。他们下了火车。乞丐不再哼唱黄色歌曲。德米特里·德米特里耶维奇拿着酒瓶，他拿着酒杯。德米特里·德米特里耶维奇给每个杯子都满上伏特加；他这样做时，一条大蒜手链映入眼帘。他不是酒吧招待，倒在每个杯子里的伏特加有些不太平均。乞丐只看见瓶子倒出的东西；他心想，米佳如何总是急着要帮助别人，但从脾性上说，他连自己都帮不了。但德米特里·德米特里耶维奇在倾听，在听见，就像他一贯如此。于是，当三个不太平均的酒杯碰在一起发出叮的一声时，他笑了，把头转到一边，这样阳光就不在他的眼镜上闪烁了，他喃喃道：

“一个三和弦。”

这就是那个记的人记得的事情。战争，恐惧，贫困，伤寒和污秽，然而，在这之中，在这之上，在这之下，在这之间，德米特里·德米特里耶维奇听到了一个完美的三和弦。战争会结束，这毫无疑问，除非它从未发生过。恐惧会延续，而毫无来由的死亡、贫困、污秽——也许它们也会永远延续下去，谁知道呢。然而，三只不太干净的伏特加酒杯和杯中酒所碰撞出来的那个三和弦，清除了时间的噪音，会比所有人所有事都活得更长。而最终，也许，这才是最重要的。

后　记

肖斯塔科维奇死于1975年8月9日，离下一个闰年还有五个月。

他在纽约和平大会上的质问者，尼古拉斯·纳博科夫，果然是受中情局资助。斯特拉文斯基在会议期间表现出来的冷漠超然，也不仅仅如他在电报里所说，是出于“道德和审美”，还有政治原因。正如他的传记作者斯蒂芬·沃尔什所说：“就像所有战后在美国的白俄一样，斯特拉文斯基……当然不可能轻易参加这种支持亲共宣传的活动，去危及他来之不易的地位，即，当一个忠诚的美国人。”

季洪·郝连尼科夫没有像肖斯塔科维奇担心（虚构）的那样不朽；但他又做了一件好事，将重新成立于1948年的苏联作曲家协会，管理到它最终于1991年瓦解，和苏联的其余部分一起解体了。从1948年起，四十八年里，他还在发表圆滑而空洞的讲话，声明肖斯塔科维奇是个快活的人，他没什么可以害怕的。（作曲家弗拉基米尔·鲁宾评论道："狼说不出羊的恐惧。"）郝连尼科夫从来没有从视野中消失过，也从未失去过对权力的热爱：2003年，弗拉基米尔·普京给他授了勋。他最后死于2007年，终年九十四岁。

*

关于自己的生活，肖斯塔科维奇有多种叙述。有些故事有许多版本，是历经多年逐步建立和"完善"起来的。其他的只有一个版本，譬如在列宁格勒的"大房子"里的故事，在作曲家死后被讲述多年，只有一个来源。广义来说，真相很难把握，更别说在斯大林统治下的俄国了。甚至连名字也靠不住：肖斯塔科维奇在"大房子"里的审讯者被给予了不同的名字，诸如赞切夫斯基、扎克列夫斯基、扎科夫斯基。所有这些对传记作者来说都是非常令人沮丧的，但对任何小说家来说却最受欢迎。

关于肖斯塔科维奇的参考文献有很多，音乐理论家会看出我的两个主要素材来源：伊丽莎白·威尔逊的具有代表性的、多方位的著作：《肖斯塔科维奇：难忘的人生》（1994；2006年修订再版），和所罗门·伏尔科夫的《见证：肖斯塔科维奇回忆录》（1979）。伏尔科夫的书出版时，在东西方都引起了轰动，而关于其内容之真伪的所谓“肖斯塔科维奇之战”鏖战了几十年。我把它当作一本私人日记：虽然显得是要给出全部的真相，但通常是在一天的同一个时候，在同样的主导情绪中，用同样的偏见和遗漏所写成的。其他有用的资料包括：伊萨克·格利克曼的《友谊的故事》和迈克尔·阿尔多夫对作曲家儿女的采访，书名为《回忆肖斯塔科维奇》（2004）。

帮助我完成这部小说的人里，伊丽莎白·威尔逊最为重要。她为我提供了其他渠道无法获得的材料，纠正了很多误解，也阅读了我的手稿。但这是我的书，不是她的；如果你们不喜欢我的，就去读她的吧。

J. B.

2015年5月

我的英雄是一个懦夫

——恺蒂专访巴恩斯

作家朱利安·巴恩斯是我最喜欢的英国作家之一。他的《终结的感觉》(*The Sense of an Ending*)于2011年获得布克奖后，大家就企盼着他的下一部小说。今年1月，《时间的噪音》出版。这本书首先吸引我的，是封面上的那张木刻。打电话并写邮件给巴恩斯的经纪人希望采访他，很快得到的是那惯用字眼的回答："巴恩斯先生的采访已经排满了，他没有时间再接受新的采访。"

其实，我认识巴恩斯的一位极好的朋友，请他介绍认识，但巴友一口拒绝："如果我介绍，或把他的联系方式给你，他绝对与我断交。你最好还是继续和他的经纪人联系，不要放弃。"于是，只得又回去打扰经纪人，这次换了方法，我写了一封长信，加上两份《上海书评》，请经纪人把信转交到巴恩斯手中。根据我的经验，作家要比经纪人更好说话。

果然，一周后，收到回信，巴恩斯同意采访！4月一个雨后的下午，我来到坐落在伦敦 Soho 区一条小街上的 United Agents。在门房签名时，我看到巴恩斯已经早我十分钟到了，他的签名规整，字很小。走过满是书架的走廊、嘈杂的开放式办公空间、空荡窄小的会议室，巴恩斯在一间有门有窗的办公室里等我。这间老式的办公室，如同一间书房，到处都堆着文稿和书。巴恩斯已经在沙发前安排了一把椅子，握手之后，他说："我坐沙发，你坐老板椅，可以吗？"他如我想象的那般瘦高，一丝不乱的褐发，浅蓝色的眼睛，柔和的声音，穿着一件白衬衫，深蓝色的毛线背心，有点男校学生的打扮，也是典型的北伦敦知识分子的样子。

坐定之后，我说他有一位铁哥们，他听到名字后哈哈大笑，点头称是。我取出译林出版社托我带来的他的五种中译本，他高兴地翻阅着，说外国版权都归另一家公司管，他从来就没看到过中译本样书。他赞扬这些书出得很 stylish，翻到最后一页时，兴奋地说："哇，这里还有英文书名，中英文对照的。"我告诉他，出版社希望能有一张他与书的合影，他说当然可以，并建议先把照片拍好。他把书放在沙发扶手上，并把其中一本竖起来，用手扶着，说："这样大家都能看清书名，确实是我的作品。"

采访开始，我知道我的许多问题可能已有别人问过多次，但是巴恩斯听过每个问题后，都会稍作思考，然后才会回答，仿佛是第一次听到这些问题一样。让人觉得，他这一个小时，是认认真真地给了你这个采访者的。

小说的缘起、英雄及懦夫

恺蒂：《时间的噪音》的主角是苏联作曲家肖斯塔科维奇，这本书描写了他生命中的三个重要关头，并由此写了他的一生。此书也是关于政治压力和艺术创作的思考。您怎么会选择他作为您布克奖之后第一部小说的主角？您是否已经对他关注很久？

巴恩斯：我是学语言出身的，法语是我的第一外语，俄语是第二外语，我在中学时就学过，后来到牛津也学过。我一直对肖斯塔科维奇很感兴趣。我第一次听到他的音乐是五十年前，他的《第五交响曲》，我买了一张黑胶唱片，现在我还有这张唱片。这些年来，我也一直在听他的音乐。但总的来说，我对作曲家或艺术家的生活没太大兴趣，我感兴趣的一直是作家。1979 年，一本题为《见证》的书出版，此书是肖斯塔科维奇口述、伏尔科夫整理的肖氏回忆录。这本书确实充满争议，特别是它的真实程度。但我认为书中的肖斯塔科维奇还是有很大的真实性的。这时，我才意识到肖斯塔科维奇不仅仅是音乐，肖氏这个案例更值得研究。

恺蒂：您是那时候就想过要写他吗？

巴恩斯：当然没有，我读《见证》时，我的第一本小说还没出呢，《伦敦郊区》（*Metroland*）是 1980 年出版的。我根本没想到有一天肖斯塔科维奇会成为我的小说的主角。大约几年前,我才想到要写他。他对苏联艺术家生活的描述,他那种悲观的情绪,让我痴迷,也让我感动。但我又一直觉得很难写他,因为我虽然喜欢音乐,但我并不很懂音乐,我没有专业知识。所以,一直拖到三年前,我才开始写,而且一开始写得很不顺手,我犯了不少错误,无法继续下去,就把这本书搁了下来,九个月后重新开始,文思才畅通起来,慢慢摸索出写作此书的方法。

恺蒂: 肖斯塔科维奇是个很有争议的作曲家,有人说他的作品是为苏联唱赞歌,也有人说他是现代主义的大师。您的这本书分为三个部分,“在电梯旁”、“在飞机上”、“在汽车里”,分别描述了肖斯塔科维奇生命中最重要的三个时间段。这个结构是很自然地出现在您笔下的吗?

巴恩斯: 这个结构的形成很不容易,它的出现完全是偶然。一开始,我根本没有结构,所以写得很不顺。停了九个月,我才重新提笔。我一直知道,他站在电梯口等着被逮捕的那个场景,一定是这本书的开始,也是这本书的中心。后来得知他对闰年很迷信,我又发现,虽然他是1937年站在电梯口等着被逮捕的,但事情的起因是1936年,斯大林去看他的歌剧《姆钦斯克县的麦克白夫人》的演出,中途退场,以及《真理报》发表的《混乱取代了音乐》的社论,他被当局招去审问,加上许多音乐家、艺术家在那个时代莫名其妙地消失，所以，他断定自己要被逮捕。他不想让妻子和不到一岁的女儿看到他被抓，所以，他每天晚上都拎着箱子在电梯口抽着烟，等人来抓他。十二年后，1949 年，他去纽约参加国际和平会议，宣读苏联当局为他准备好的讲稿，像机器人一样当了政府的传声筒，并公开批判他所崇拜的作曲家斯特拉文斯基，还被中央情报局资助的尼古拉斯·纳博科夫百般质问，极受羞辱。事情的起因是 1948 年，斯大林亲自给他打的那个电话。[1] 我意识到这两件事恰恰相隔十二年，我就想，如果 1960 年他的生活里发生了什么重大事件就好了。一翻资料，他那年入党！这真是天赐良机。所以，这本小说的结构是暗含在肖斯塔科维奇的生活里的，只是等待着我去发现而已。

恺蒂：肖斯塔科维奇生活在斯大林的强权高压政治下，早年被压制，晚年却受到了重视。有人把他与索尔仁尼琴比，认为索氏是英雄，而肖氏则是懦夫。您这本书讨论的一个重要主题，是英雄、懦弱及尊严的关系。记得今年 1 月，您在《卫报》上有一篇文章，您写道："我的英雄是一个懦夫，确切地说，他自认为是一个懦夫。更确切地说，他所处的境况，让他不可能不成为一个懦夫。你或我，如果处在他的境遇里，也

1 与小说内容稍有不符。小说中斯大林是在 1949 年给肖斯塔科维奇打了电话。1948 年，日丹诺夫整肃音乐界，肖斯塔科维奇再次遭到批判。

会成为一个懦夫。”您能解释一下吗？

巴恩斯：《时间的噪音》确实是在探索强权和艺术的关系：当强权政治在支配你生活的一切时，你是否会与强权做一笔交易？在放弃掉一些自由的同时，保住另一些可以创作的自由？谁会向恺撒屈服？这个恺撒如此贪婪，你究竟会屈服到什么程度，屈服的代价又是什么？向权势屈服之后，艺术家是否还能保持自己的尊严？

我在《卫报》上的那篇文章是在此书出版之时写的，我想向读者解释我笔下的英雄和懦夫。有时候，传统意义上的英雄并不一定是真英雄。是否在强权下选择当英雄，你必须要权衡所有的利害关系。在斯大林的苏联，如果你选择当英雄，你不仅不可能再继续创作，而且你将被处决，你的家人、朋友、和你有关联的人都将受到牵连，被关进监狱或被处决。你的“英雄行为”会伤害到很多你所爱的人，你的孩子会被带走，会被当局养成一个你不希望他变成的人，那样的情况下，你想当“英雄”是相当愚蠢的，当懦夫才是唯一理性的选择。很多时候，我们是不能用“英雄”或“懦夫”这些词的，英雄如果变成了一种虚荣，以你的亲友的牺牲为代价，那怎么还能叫英雄呢？

恺蒂：如果您处在那种境遇中，会成为懦夫吗？

巴恩斯：我肯定会选择当懦夫的。而且，从一个作家的角度来说，我一向对懦夫更感兴趣。怯懦和软弱比勇气和力量要更有意思、更让人深思、更有故事。例如海明威的短篇小说，因为海明威的阳刚形象，所以，许多人都以为他更擅长写英雄，其实，他描写起失败、软弱、恐惧来，比他写勇气和成功要更好。

我们这些从小在英国长大的人是非常幸运的，我们从来就不需要面对这样的选择，政府从来没有干涉过作家究竟写什么，艺术家、音乐家究竟创作什么。英国这一千多年来没有被别国侵占过，或至少说，没有被别国成功地侵占过，也没有过强权政治，所以，我们很幸运，不用在做英雄还是做懦夫之间进行选择。

有时候，作家会写他们自己并没有亲身经历过的痛苦生活，可能也是庆幸自己不用去过那种生活吧。就像我捐钱给公益事业，有的当然是我很关心的公益组织，有的则出于一种"我捐了钱，这些疾病等可以离我远些"的想法。当然，在写作过程中，作家需要设身处地想象别人的生活，写肖斯塔科维奇，我一直感觉到自己非常幸运，我不需要进行他的选择，不需要像他那样，既要当艺术家，又要当政治家。

恺蒂：能不能说，这本书中，您是让肖斯塔科维奇借着您的笔说话，例如，您写道："也有一些明白点的人，他们支持你，但同时也对你感到失望。这些人没有领会关于苏联的一个简单事实：在这里说真话是不可能的，除非不想活了。这些人以为，他们知道权力是怎样运作的，他们希望你去斗争，因为他们相信，如果他们处在你的位置，他们也会这么做。换句话说，他们想要你流血。”

巴恩斯：肖斯塔科维奇没有选择流亡国外，这本身就需要勇气。斯特拉文斯基在美国过着优越的生活，对他仍留在国内的受压迫的音乐同仁从没有关心过。肖斯塔科维奇去美国，希望能与他所崇拜的斯特拉文斯基见上一面，但后者没有露面。还有那些所谓共产主义的同情者，例如萨特，他们是不会让自己的利益受到损害的。

苏联作曲家协会书记赫连尼科夫曾经说过，肖斯塔科维奇“是个快活的人，他没有什么可害怕的”，这真应和了俄国的一句俗语：“狼不知道羊的恐惧。”肖斯塔科维奇一直生活在恐惧之中，他害怕斯大林的权势，但他并不害怕斯大林这个人。有一个著名的故事，就是赫连尼科夫竟然在斯大林面前害怕得把大便拉在了裤子里。肖斯塔科维奇从来没有这种事。他们曾为他派了一位政治老师，政治老师告诉他应该在家里挂斯大林像，但他始终没有挂。

肖斯塔科维奇写了许多公开的音乐，也写了许多放进抽屉里、当时不能演出的音乐。他向当局妥协，最终保住了他的家人，保住了他的音乐，他把所有的勇气都给了音乐，在现实生活中，他就只剩下怯懦。但在我看来，他就是英雄。

恺蒂：是不是有什么特殊的国际政治原因让您开始写《时间的噪音》？

巴恩斯：我向来不认为作家应该因某一政治原因而写作。一个作家要写的是他从内心深处感兴趣的事情，至于会不会与现实不期而遇，那是我不予以考虑的。我认为我的书所反映的主题，并不局限于某个国家或某个事件，我的主题，是人类共通的。只要政府和艺术同时存在，大家就一直会问这个问题。

历史的真实和小说的虚构

恺蒂：《时间的噪音》的主角是真实的历史人物，您如何处理历史的真实性和小说的虚构性之间的关系呢？

巴恩斯：我尽量做到历史事实的准确。但曾有人说"传记和历史结束的地方，就是小说的开始"，小说能够前往传记和历史去不了的地方，写小说的一个长处就是我可以揣度并描写人物的心理。例如关于肖斯塔科维奇对闰年的迷信，他只提到一两次，但我可以把这个变得比较重要。还有，他等在电梯口的那个场景，你和任何一个西方音乐家、音乐理论家提到肖斯塔科维奇，大家首先想到的就是他站在电梯口等人来抓他，这是大家共同接受的关于肖斯塔科维奇的一个情境。但是，这件事情，肖斯塔科维奇生前从来没有自己提起过，是他去世后，家人和朋友才说起的，所以，这件事没有经过史学家的考证或得到完全的证明，如果你写历史或传记，你至少得注明此事是不确定的，但是写进小说里，我就可以当成历史事实来写。

在专制独裁统治下，历史真实是很难梳理或确认的。例如，审讯肖斯塔科维奇的人的名字到底是什么，根据不同的材料，有三种不同的拼法，我在“后记”中把这个问题提出来，并把三个名字都列了出来。《伦敦书评》上刊登了一位历史学家对此书的评论，文章题目用的就是这三个名字，她把小说家和历史学家对比，抱怨小说家拥有太多臆想杜撰的自由，又说她知道准确的名字是什么，如果是评论一本历史著作，她是会说出来的，但因为是评论一本小说，所以就不屑于把这个信息告诉小说家。她这样写真让我恼火，我只能说，这位历史学家实在不懂小说，不懂得什么是虚构的作品。

当然，一旦这个专制政府瓦解，有一些实情会出现，但也不可能是全部的实情。书中还有一个情节，就是日丹诺夫给音乐家上课，他弹着钢琴，告诉音乐家什么才是真正的音乐。这个故事也不是完全确认的历史事实，但是这个故事广为流传，也广为大家接受，就变成真实的了。这就是小说家可以一显身手的领域。

有个周末我去我家附近的集市买东西，有一个人对我说：“我刚刚读完你的新书，但是我不知道哪些是真实的，哪些是虚构的。你能不能够告诉我，这些事情都发生过吗？”

我对他说我无法告诉他，因为我希望他在阅读的时候，相信书里的一切都是真实的。小说就应该是这样，你在读一本小说时，不管是侦探小说还是文艺小说，你应该相信你阅读的就是真实的。

恺蒂：您刚才提到这篇《伦敦书评》上的评论文章，文中还说您这部小说的视角是“单一”的，评论中说您的《福楼拜的鹦鹉》（*Flaubert's Parrot*）有多重叙述视角，《尚待商榷》（*Talking It Over*）中的三角恋爱有三种叙述视角，连《豪猪》（*The Porcupine*）里都有两个角度，而《时间的噪音》则是单一的，您怎么看这种评论？

巴恩斯：我不同意她的看法，这是一个不懂小说的人才会说出的话。当年我写《10 1/2 章世界史》（*A History of the World in 10 1/2 Chapters*）时，我特别希望能有历史学家来评论，但是没有。现在有历史学家来评我的书了，但是她又实在不懂得小说。

我刚开始动笔写《时间的噪音》时，我用的是第一人称，但是写了十页，一直觉得不对劲，后来就改为第三人称。第三人称很灵活，就像一台摄影机，你可以把镜头拉得很远，可以看到你笔下的主人公和他生活的时代的全景；也可以拉得很近，只看到他；还可以把他放在镜头后，以他的目光来看世界，第三人称就成了第一人称。这本小说是关于肖斯塔科维奇这个人，以及他周围的与他有关系的人，我所需要的，就是远景、近景、他的内心世界。这本小说不需要那么多的叙述视角。

恺蒂：《时间的噪音》的开头和结尾，是用斜体字写出的，首尾呼应，讲的是一件火车站台上发生的事。三个人，对应小说开头所题的俄国谚语："一个听，一个记，一个饮。"这前后两段读上去像一则寓言。这也曾是肖斯塔科维奇生活里真实发生过的事吗？

巴恩斯：我读到关于肖斯塔科维奇的这段轶事，原文中只有两行字，说他在第二次世界大战期间，坐火车去某地，曾在站台上与一个乞丐喝过酒，他们干杯的时候，他说了句"一个三和弦"。我觉得这个趣闻很有意思，就把这两行字给扩展开来，写成了现在的开头与结尾。当时确实应该还有另一个人和肖斯塔科维奇在一起，但是史料中并没有记载这个人是谁，但这也就增加了一种神秘感。

那句俄国谚语也是真的，而且正合适当时的那个情况。俄国有许多充满哲理的谚语，例如，《尚待商榷》的扉页上，我用的是另一句俄国谚语："他撒起谎来，就像亲眼所见一样。"那句话，也特别适用于这本书。

恺蒂：您的《豪猪》也是关于东欧社会主义阵营的，您认为《时间的噪音》和《豪猪》之间是否有一定的联系?

巴恩斯:这个问题应该由读者来回答。我自己很少回头看我过去的书。我无意在这两本书中建立任何联系。有时候,想得太多,或回头太多去看曾经写过的东西,对作家来说都是很危险的。对,《豪猪》的主题确实是关于东欧国家,但并不意味着写过《豪猪》,写《时间的噪音》就会容易。

恺蒂:许多人认为这本书和您的成名作《福楼拜的鹦鹉》有传承关系,它们都是关于历史上的人物,都是把许多片段串在一起。您自己认为这两本书有关联吗?

巴恩斯:我只能说这两本书都是关于我非常崇拜的伟大艺术家,而且都是擅长反讽的艺术家。我自己在作品中也经常用反讽,我自认为自己也是一位"反讽作家"。肖斯塔科维奇很爱读书,但福楼拜并不特别热爱或熟悉音乐。在《福楼拜的鹦鹉》中,我表达的可能更多是对福楼拜的敬仰和崇拜。而在这本书中,肖斯塔科维奇所遇到的波折和苦难让我更感兴趣。我无法想象在他的处境中生活。肖斯塔科维奇和普罗柯菲耶夫的境遇非常相似,但是肖氏更深地陷入苏联的政治系统中,所以,他的生活更让人痴迷好奇。读者想要在这两本书中找相似处,我一点都不介意,至少说明他们两本书都读过。但对我来说,我的每本书都是独立的。而且,旁观者清，我自己可能也看不出来这两本书的类似之处。

《终结的感觉》

恺蒂：在您的书中，不仅有故事，还有很多哲理性的亮点。我记得在学生时代，总喜欢抄录书中的妙语，您的书里就有许多这样的段落。例如《终结的感觉》中关于记忆、历史、悔恨、时间；《时间的噪音》中关于权利、尊严、反讽、恶魔的良心等。这些生活的哲理，读者可能早有同感，但却无法表达，您用简洁明了的大白话给表达出来了。您是否认为自己是很有哲理的作家？

巴恩斯：你这么说，可能就是对一个作家最好的评论了。读者感觉到了，读者也想到了，但是一直找不到表述的办法，读了作家的表述，读者想："这正是我想说的。"能够得到读者这样的认同，对作家来说是最大的恭维。我的工作就是要用语言表达感情，这是我赖以谋生的职业，练了四十年的功夫，我可能驾轻就熟了吧。而且，随着年龄渐长，生活教会你不少哲理，也让你更有信心进行总结，更能言简意赅地、准确地表达自己。但我肯定不是一位哲学家。我们家的哲学家是我哥哥。我充其量只能算是位业余哲学家。在家里，每当我试着表达我的哲学思考，我哥哥总是说："哎，胡说八道。"他是专门研究古典哲学的，是亚里士多德专家。我的自传《没什么好怕的》（*Nothing to be Frightened of*）有很多地方写到我哥哥。关于我们小时候的许多事，我俩的记忆太不同了，同一件事，我们的记忆可以完全相悖。所以，正是那种记忆的对比让我开始构思《终结的感觉》这本书。

关于记忆，我哥哥的观点是：一切记忆都是虚假的、不真实的，记忆都是想象的结果。我并不完全同意他的看法，我对记忆的理解比他要传统、实际。但是，有一点我同意他，就是说记忆有时候太多地依赖于想象，记忆会有很多失误。

恺蒂： 所以，是不是可以说，您先有了一个关于记忆的哲学思考，然后才开始构思《终结的感觉》的故事？

巴恩斯： 我的小说，先有人物和故事的情况很少。我的小说通常从一种情境开始，可能是一个道德上的失误，然后，我问，下面会发生什么。小说就像一只动物，有头有身体有尾巴，但身体内究竟有什么，一开始是很模糊的，然后我会慢慢梳理，增加人物和情节。我原来想象《终结的感觉》会有一个很小的头、很长的身体，头与身体的比例大约是一比三，但是在写作过程中，头变长了，身体变短了。

《终结的感觉》是一本关于时间和记忆的书，关于时间会如何影响记忆、改变记忆，记忆又会如何影响时间。这本书也是关于你如何重新发现你生活中曾有过的一些重要关头，那些你总觉得有些不对劲的地方。你一直以为某件事情是这样发生的，突然有一天，你不那么确定了，原来你的记忆并不准确。这是我想在这本书里探索的主题。

恺蒂：我记得这本书里，您写道："当不完全的记忆遇到不充足的记录时，那一刻所产生出的确定性，就是历史。""历史并不是胜利者的谎言，它更是幸存者的记忆，而大多数的幸存者，既不是胜利方，也不是失败方。"这本书虽然只有一百五十页，但是内容极其丰富。您在字里行间留下许多暗示，就像布阵一样，看过一遍后，需要再回头读，才能明白：哦，原来是这样。在很短的篇幅里，布下一个大阵势，您是怎么做到的？

巴恩斯：作为一个作家，我已经写了四十年。写作经验让你知道如何掌握时间、篇幅，不需要说的话就不说了。就像厄普代克晚期的作品，他可以在很短的篇幅里写出一个人的一生，还有艾丽丝·门罗的短篇小说，三十页就是一生的篇幅。我之前那本书是五百多页。这本书很薄，只有一百五十页。但有不少读者告诉我说，他们看到最后一页，马上就翻回到第一页再读一遍，这样算来，这本书可以说是三百页。

我有一个朋友打电话给我，说："我已经读了三分之二了，还没有看到答案，时间太长了。"我就告诉他，他需要有耐心。这是我的写作风格，我喜欢在书中放着一个个暗示，让读者猜想到底是怎么回事，但是也得给读者信心：最后他们是肯定能看到答案的。我认为作家有迷惑读者的权利，但是不能最后不给答案。

例如，有读者不明白，为什么维罗妮卡要惩罚托尼，一直抱怨托尼不知真情？因为她的生活里发生了许多不愉快的事，她的男朋友、她的妈妈、他们之间的关系，以及最后必须要她肩负的重担，几乎毁了她的一生。而托尼，压根不知道这几十年发生了这些事情，还对自己的生活沾沾自喜，所以，维罗妮卡对他很生气。托尼是个洋洋自得的人，一直小心谨慎地生活，没有什么波折，他对自己的一生挺满意，与维罗妮卡的重逢，审视记忆，显然把他给惊醒了。她为什么这么气愤？人与人之间的关系就是这样，有时候，你可以为一件小事生很长时间的气，人的情感就是不可理喻的。

创作习惯及其他作品

恺蒂：您的写作习惯是什么？

巴恩斯：我每天上午写作，早上是我创作的最好时间。我总是先手写，然后用一台电动打字机把手写稿打成初稿，再进行修改。我从来不用电脑写小说。因为我是记者出身，所以，除了小说外，我还写记者类的文章，评论、访谈之类，那都是用电脑写的。

为什么写小说不用电脑？我一直有两台电动打字机，但是在写《亚瑟和乔治》（*Arthur and George*）时，两台打字机都坏了，我就想，好了，这是老天爷要让我学会在电脑上写小说，所以，我就在电脑上写了几章。但是结果很不好，写下的只能全部删掉。可能因为我想要的那种初稿是电脑上写不出来的。因为在电脑上写作时，太容易修改了，所以，我控制不住自己，总要边写边改，这样，出来的初稿就很局促，放不开，过度修改。而用打字机打出来的初稿不能修改，反而有更多的空间，自由度更大，然后在打印稿上进行修改，就很容易。这两种机器是很不一样的。

大学毕业后，我先是自由撰稿人，70年代中期进入《新政治家》，当文学版编辑，也负责电视评论。当时的舰队街很热闹，许多杂志报纸都聚集在一起，《新政治家》《观察家》《泰晤士报》《泰晤士报文学副刊》等。我们的办公室很忙，人来人往，自由撰稿人、评论员、专栏作家，很多色彩丰富的人物，地下室里还有一张乒乓球桌。当时大家喝酒也厉害，许多人为多家杂志报纸写作，大家都混在一起。现在不一样了，报社都搬到了不同地区的新大楼里。当时我的同事里有几位锋芒毕露的年轻作家，现在都很有名。他们都比我会说，我那时候几乎是哑巴，开编辑部会议的时候，就怕主编的眼睛朝我这里瞟。

恺蒂：大家常常把您定义为后现代的作家，其实您有些作品还是蛮传统的。而且，您每本小说的风格和样式都非常不同，您如何为自己定义？如何总结您的风格？

巴恩斯：我真不在乎别人怎么称呼我，我有些小说非常传统，有些非常现代或后现代。我总是把我的每一本小说都看成一个独立的个体。写作时，我会考虑我要讲一个什么样的故事，用哪种叙述手法讲这个故事最合适，有什么问题，如何最好地解决这些问题。所以，我的作品没有什么统一的风格，每本都非常不同。

对我来说，小说的形式很重要，形式也是各种各样的。福楼拜曾经说过："没有无形式的内容，也没有无内容的形式。"你可以构想一本小说的内容，你要讲一个故事，但没有形式的话，这些内容和这个故事就无法存在。内容只有在找到完美的形式之后，才能成立。例如，我五十年来一直对肖斯塔科维奇感兴趣，但直到三四年前，我才开始考虑："他的生活中究竟发生了什么？是怎么发生的？从谁的视角来看他？"这时，形式进入，我才能开始创作。许多小说家认为形式只是开头、中间和结尾，其实并不这么简单。

恺蒂：我也听说过您刚开始创作小说时，曾有一个计划。您能说说吗？

巴恩斯：当我刚开始写作的时候，我确实有一个计划，我计划第一本书用第一人称，第二本书用第三人称，第三本书从女性的角度。第一、第二都实现了，第三本是《福楼拜的鹦鹉》，到第四本才做到女性的角度。所以，我以后的书，就没有任何计划了。

恺蒂：大家常说，作家的作品如同他们的孩子，千万别问他们最喜欢的是哪一个。但是我还是要问您，您自己比较喜欢的是哪几本？而且如果您只能有一本自己的书，会挑选哪一本？

巴恩斯：说起我的作品，我喜欢别人不太看好的小说，例如《注视太阳》（*Staring at the Sun*），因为大家都说它比不上《福楼拜的鹦鹉》。但是如果你只允许我挑一本，那可能还是《福楼拜的鹦鹉》，因为这本书，让我第一次意识到我可以进行小说形式的实验；而且，我很感激这本书，这是我第一本被翻译成外文的书，第一本被认可的书，也是一直卖得很好的一本书。当然，这本书是比较实验性的，我记得有一次，我试图向金斯利·艾米斯描述这本书，我告诉他"这是一本倒过来的小说"，他脸上的表情是愤怒加厌倦加困惑。我也曾试图向我的出版人描述此书，他的脸上是一片空白。所以，我也根本没有想到这本书会一直卖得这么好。

还有一点，在开始写作新书时，我总是尽量忘记过去的书。我对自己的作品的记忆是很零碎的。我能记住的都是那些我在采访中经常说起的段落，或是读者经常问起的段落。过去四十年的写作，我不可能什么都记得。而且，这种记忆也是扭曲的。所以，有时候我拿起一本过去的小说，翻开来，会很惊讶地说："哦，这段是我写的吗？"那些不再谈起过的章节几乎都被遗忘了。

2013年，我出版了《生命的层级》(*Levels of Life*)，因为这是很私人的一本书，是我对亡妻的纪念，所以，我不想让此书在我的记忆中被扭曲，我不想让这本书以及写作这本书时的情感在我的记忆里起变化。也因为我当时的处境比较容易受到伤害，所以，我决定不谈论这本书，只给过一个采访。

恺蒂：我听过那个采访，我也读过那本书，书和采访都很让人感动，但我不会问您这方面的问题。您还有一个文学身份，就是犯罪小说的作者丹·凯伐纳，用的是您亡妻的姓。80年代，您写过四本犯罪小说，但后来就辍笔了。怎么会开始写这些小说，为什么又停下来呢？

巴恩斯：我花了八年时间写作《伦敦郊区》，觉得写作真是一件很辛苦的事。当时见到一位朋友，他是写犯罪小说的，他说他四个星期就能写一本，我也就想试试看，没想到两个星期就写好了第一本，第二本花了两个半星期。犯罪小说是有一个固定模式的，这种模式既是一种自由，也是一种限制。你不能脱离这种特定模式，多少页纸之内必须横下多少具尸体。而且，很多人可能认为犯罪小说好卖，他们会以为我是以犯罪小说来养活我的严肃小说，根本不是这么回事。是我的《福楼拜的鹦鹉》在养活我的犯罪小说，所以，我写了四本犯罪小说后，就不想再写这种程式化的小说了。

恺蒂：您的小说的设计都非常讲究，特别是英国出版的《终结的感觉》、《生命的层级》和《时间的噪音》，让人觉得它们本身就是艺术品。现在是电子阅读的年代，您的纸质书的设计，是不是与电子读物的一种对抗？

巴恩斯：我有一位设计师，她相当出色，是最好的。在接受布克奖时，我提到她、感谢她。对，为了能够抵制电子书的冲击，纸质书本身的样式就越来越重要，纸质书必须有一种吸引力，让读者愿意拿起一本，愿意花钱买它，希望拥有一本，并会送人做礼物。一般来说，我的设计师会设计几种初稿，然后来听我的意见。例如《时间的噪音》的封面，一个戴着眼镜拿着手提箱站立等待的人。这是一幅木刻作品，很有苏联那个时代的气息。大家一看就知道是肖斯塔科维奇，因为最让他出名的，就是等在电梯口。设计师说她想用一种棕色的纸做封面，那种在苏联的百货商店中包东西的纸，不易撕破。她拿了几种过来，我们选定了这种。

恺蒂：采访您，肯定要问问您的布克奖，您三次被布克奖提名，最终得奖，是不是很欣慰？

巴恩斯：那当然。当时听到他们宣布我的名字，我的第一个感觉是松了一口气，然后才感到高兴。我已经被提名了三次，没得奖的感觉，我太清楚太有经验了，所以，我想知道得奖的感觉。而且，也一直有人问我怎么还没得到布克奖，我对这个问题实在很厌倦了。所以，得了奖，让我松了一口气。

可以说布克奖让我的写作生涯至少延长了十年吧，多了十年的读者群，当然，也让我的收入有所增加。所以，布克奖是有益无害的。在获得布克奖前，我的作品已经被翻译成四十种语言，布克奖后，可能被翻译成四十五种。

恺蒂： 在中国，您是很受欢迎的一位英国作家，您的书在其他国家被接受的情况如何？

巴恩斯： 谢谢。也不是所有的国家都喜欢我的书。我的第一本书《伦敦郊区》曾经在南非被禁，可能因为里面的性描写。《终结的感觉》被翻译成波斯语，在阿富汗可以发行，但是在伊朗却被禁，我也闹不明白为什么。下个月我会在加利福尼亚见到此书的波斯语翻译，我会问问他被禁的原因是什么。《时间的噪音》已经在格鲁吉亚和乌克兰出版了，格鲁吉亚的版本还是在英国版本之前出的，可能因为斯大林是格鲁吉亚人，所以他们很感兴趣。许多国家都买了版权，我很想知道俄罗斯读者会如何接受这本书。

个人经历

恺蒂： 众所周知，您是亲法派，您的父母都是法语老师，您也从小随家人去了法国。其他国家呢？您去过俄国吗？

巴恩斯：我在牛津读大学的第一年，1965 年，我十九岁，和一群朋友去了东欧和苏联。我们开车去了波兰、东德、苏联、罗马尼亚、捷克斯洛伐克，在苏联，我们去了莫斯科、列宁格勒、基辅，还有其他几个地方。整个行程八个星期，主要是露营，我们自己带了帐篷等，住在营地。

恺蒂：您对当时的苏联的印象如何？

巴恩斯：我是亲俄国派，并不是亲苏联派。我一直觉得“苏维埃俄国”是一个悖论，苏维埃是乐观的，俄国是悲观的，这是两种互相抵触的文化和思想意识，很难融合。我去那里，是想要寻找古老的俄国的文化，而不是苏联的东西。我当时十九岁，对政治根本不感兴趣，也看不起政治，认为文学艺术至上。我们当时是以旅游者的身份去的，但是我们还是注意到许多能说明苏联状况的现象。例如，我们从波兰进入苏联时，在波兰买了好多食品，这些在边境上统统都被没收了，估计有人那天晚上吃了一顿好饭，但不是我们。我们的行程和住宿地点都是事先向当局汇报并经过批准的，我们每天必须上缴一定数额的货币。我们买了一张苏联地图，上面只有十二条路，外国人只能顺着这些路线旅行。我记得有一天我们从莫斯科开车去列宁格勒，我们知道沿途有一个很有名的教堂，所以，就打算绕个弯去看这个教堂，但离开大路还没有开到一英里，就有警察来追上我们，非常有礼貌地叫我们回到原路上。还有，我们回到莫斯科时，车子很脏，在城外，交通警察就让我们停下来，让我们把车子洗干净之后再进城。

离开苏联后，我们去了罗马尼亚，在边境上，我们听到开枪的声音，我们就问苏联边境的士兵是怎么回事，他们说是有人在打猎，打鸭子。等到了罗马尼亚那一边，那里的边境士兵说：谁会用机关枪去打鸭子？

恺蒂： 您后来又去过吗？

巴恩斯： 没有再回苏联，但我 1979 年又去了一次罗马尼亚。1981 年，我去了中国，我当时是和许多人一起，纯粹去旅游。我们在中国待了三个星期，去了香港、上海、北京、苏州、成都。当时的中国刚刚打开大门，去的人还很少，吃饭的地方也不多。我记得我们去长城那天，只有一个卖茶的小摊子，没有其他人。我印象最深的是一面回音壁，许多人隔得很远，听墙上传来的说话声。具体是哪里我已经不记得了，是天坛吗？可能是。这个情境后来还被我写进了我的第四本小说《注视太阳》中，我还有当时的一张照片，我会寄给你。

恺蒂： 您的亡妻是南非人，从小在德班长大，后来来到英国。您常去南非吗？

巴恩斯：我们结婚之后，我去过南非一次，就那一次。我的第一本书在那里是被禁的。帕特虽然是南非人，但是她二十多岁就来到英国，而且她也有爱尔兰护照，所以，我更觉得她是爱尔兰的法国人。像她这一代的许多人一样，她对南非也有一种爱恨交加的复杂心理，南非是一个非常美丽但非常悲剧的国家。

恺蒂：您最喜欢的作家有哪些？当代的作家您读得多吗？

巴恩斯：我最喜欢的作家，嗯，从谁开始算起呢？当然有福楼拜，还有莎士比亚、契诃夫、屠格涅夫、伊迪丝·华顿、夏绿蒂·勃朗特、乔治·艾略特、特奥多尔·冯塔纳，20世纪的作家有加缪、伊夫林·沃、佩内洛普·菲茨杰拉德、司各特·菲茨杰拉德、厄普代克、艾丽丝·门罗，还有其他许多。

我从来不觉得我喜欢或我崇拜的作家会死掉，他们对我来说，比许多活着的人还要鲜活。而且，我认为文学史不是直线形的，不是代代传承的，文学史是圆形的，就像一个大圆桌，各个世纪的作家围坐在圆桌边，有很多穿梭的、交叉的影响。

后记：5月初，莱斯特城足球队取得英超冠军，创造足球史上的奇迹。巴恩斯出生在莱斯特，从五岁时起，就一直是狐狸队的忠实支持者。但是在采访他时，因为时间有限，没能与他谈及莱斯特夺冠的可能。5 月 7 日，巴恩斯在《卫报》撰文，风趣地讲起他的“狐狸”情结，其中一段逸事特别值得与大家分享。莱斯特夺冠，大家都说在莱斯特大教堂被重新安葬的理查三世给予了保佑，巴恩斯说他自己可能也有一份小小功劳。去年 3 月，狐狸队面临被降级的危险，他正巧在西班牙的圣地亚哥，那是天主教的圣地。大教堂中有一尊圣詹姆斯像，据说从背后抱一下圣像，许下的愿望就能实现。每次世界杯开战之前，西班牙队的全体球员都会来抱圣像。虽然巴恩斯是完全的无神论者，但是，“在一种完全反讽的状况下，我抱了詹姆斯一下，希望他能保佑莱斯特队不被降级。从另一边下来，我压低声音对他说：‘如果您能帮忙，我说不定就会信您呢。’当去年赛季结束，狐狸队居然保住了中等偏下的位子，我明显觉得一种道德上的紧张感。看看现在，他居然搞定了英超。圣詹姆斯，您可做过头啦！好吧，既然这样，那我就再试试神学的运气——下一届欧洲冠军联赛这件小事，如果您也能搞定，那我肯定皈依您啦”。